LE COMPTOIR

Sur une idée originale de Patrick AZOULAY

TABLE DES TEXTES

ACTE I   OUVERTURE

Les lumières de la scène sont en berne et le rideau baissé.

On entend une voix lourde, provenant des coulisses :

> - Alors, t'es prête ? C'est l'début !

Un court silence.

> Allez, allez, bon !
> Plus que quelques secondes !
> Ils vont ouvrir le rideau !
> ...
> Toi, t'es jamais prête quand il faut !

Le rideau se lève, et la scène s'éclaire sur une salle de bistrot avec les chaises sur les tables.

L'homme et la femme commencent à les descendre.

Gargotier :   - Bon, et pour le plat du jour !?
              Qu'est c'tu fais aujourd'hui ?

Gargotière :   - Oh, j'en sais fichtre rien !

Gargotier :   - Euh, ..., t'as regardé où elles en sont les andouillettes de la semaine dernière ?

Gargotière :   - Non.

Gargotier :   - Ben regarde !

Elle s'approche du réfrigérateur, l'ouvre, le referme tout de suite, l'air dégoutée.

Gargotière :   - Oooh ... !

Gargotier :   - Va quand mêm' pas déjà commencer à râler, non !?

Gargotière passe du dégoût au rire mal contrôlé.

Gargotière :   - Eééeh ! eh, eh ! ... eh !!! Viens donc sentir toi même !

Il s'approche. Elle a toujours la main sur la poignée du réfrigérateur.

Gargotier :   - Ouvre !

Il sent et s'éloigne instantanément.

Gargotier :   - Ferme ! Mais ferm' vite ! Oh, là, là, là là, là, là, là, là !

Elle ferme très rapidement la porte du réfrigérateur.

Gargotier :   - Ben alors, c'est pour aujourd'hui !
   Là, elles sont prêtes !
   …
   De vraies andouillettes sauvages bien faisandées !
   …
   À midi : « Andouillettes de gibier à la sauce
   moutarde ! »
   …
   J'te dis pas !
   Ils y verront que du feu !
   De toute façon y sont trop cons pour savoir c'que
   c'est !
   …
   Puis quand on a pas d'pognon, on va pas chez les
   riches !

Il retourne derrière son comptoir, lave quelques verres
puis regarde sa montre et parle seul.

Gargotier :   - Bon, dans quelques instants j'vais
   m'servir mon premier blanc !
   ... Le sien aussi !
   ... Et ça s'ra pas l'dernier d'la journée !

Entre Poivrot, vêtu d'un vieux costume un peu sale et
miteux qui fut sans doute très beau il y a bien longtemps.

Gargotier :   - Ah !
   Poivrot !
   Toujours à l'heure !

Poivrot :   - Salut, Gargotier ! Comment ça va ?

Et sans attendre la réponse :

Allez, sers moi un petit blanc !

ACTE II   VIRILITÉ

Claude est assis seul à une table.

Gargotier :   - Tiens ! V'la Subtil !

Subtil :   - Salut à tous !

Il s'approche de Claude.

    - Salut, Claude !

Claude :   - Salut, Subtil ! Comment ça va ?

Subtil :   - Ça va, ça va !
    Je viens de finir une pièce de théâtre dont
tu me diras des nouvelles !

Claude :   - Encore !?

Subtil :   - Celle là, j'espère bien que tu viendras la
    voir quand elle sera montée et mise en scène !
    Tout se passe dans un bar !

Claude :   - Dans un bar !?

Subtil :   - Oui, dans un bar.
    Ça va faire un tabac ! ... Sans jeu d'mots.

Claude :   - Tu t'arrêtes donc jamais, toi ?

Subtil :   - Non !

Claude regarde les mains de subtil :

Subtil :   - Ben, qu'est ce qu'y a ? Qu'est ce qu'elles ont, mes mains ?

Claude :   - Dis, euh, tu te vernis les ongles à l'incolore, maintenant ?

Subtil prend un air affecté.

Subtil :   - Non, je les soigne, monsieur !

Claude :   - Tu les soignes ?

Subtil :   - Oui ! Ils sont de plus en plus cassants. J'y mets de quoi les durcir !

Claude :   - Eeeh, eh, eh !
Dis moi, tu commenc'rais pas à aller taquiner d'la jarretière, toi ? !

Subtil :   - Mais non ! Je suis sérieux !

Claude :   - Et, y a pas d'autres moyens ?

Subtil :   - Si, mais s'occuper de soi est aussi agréable et plaisant !

Claude :　　　- Ah bon !? Tu m'étonnes !

Subtil :　　　- Finalement, je ne vois pas pourquoi ce serait un plaisir réservé aux femmes !

Claude :　　　- Je ne te contrarierai pas ! eh, eh, eh ! Vu un peu les mimiques que tu emploies, ..., des fois ...
Bon ! C'est vrai que t'as pas tord, dans le fond.

Subtil :　　　- Sûr, que j'ai pas tord ! Et l'histoire, depuis toujours, me donne raison.

Claude :　　　- Ça dépend laquelle, hein, d'histoire ! Qu'est ce que tu veux dire ? L'histoire des ongles ?

Subtil :　　　- Mais non ! L'histoire de ces peuples, de ces races conquérantes ! Ces terribles guerriers !

Claude :　　　- Euh, qu'est ce tu racontes, là ? Qu'est-ce tu dis ?

Subtil :　　　- Tiens, avant, les jupes courtes, les mini-jupes, c'était réservé aux hommes. C'était des vêtements de combat. Terriblement masculin !

Claude :   - Oh, oh, eh, tu vas pas commencer à nous sortir ton violon !?
On l'sais ! T'as du savoir !
Bon !
T'as raison ! ... Tous des P.D. à cette époque !

Subtil :   - Ah ! Vraiment !?
Allez vas, laisse tomber.

Claude :   - Allez, tchao ! Faut qu'j'y aille !

Claude sort.

Poivrot :   - Tu sais, Subtil, eux, ils sont enfermés dans c'qu'ils appellent leur VIRILITÉ.
Et c'est quelque chose de terrible !

Subtil :   - Que veux-tu dire par là, Poivrot ?

Poivrot :   - Ils croient qu'en se privant de tous les plaisirs, qui étaient les leurs avant et que les femmes ont pris pour elles aussi, ils se sentiraient plus forts.

Subtil :   - Toi aussi, des fois, tu m'étonnes !

Poivrot :   - Surtout faut pas leur ressembler !, aux femmes.
Alors faut changer.
Faut pas partager, …, le plaisir !, le confort !, la douceur !, le bonheur !

C'est un peut ça qu'ils se disent sans vraiment le savoir.

Il y en a qui semblent même tellement haïr tout ce qui a trait aux femmes qu'on peut se demander pourquoi ce sont surtout ceux-là qui leur courent après !

Peut être un retour inconscient de jalousie, une violence envers leur propre bêtise incarnée dans l'autre sexe et envers tout ce qu'ils ont perdu par leur principale faute.

Subtil :   - Là, Poivrot, tu marques un point.

Gargotier :   - J'ai pas tout compris, mais on voit qu'il est encore bonne heure, Poivrot !

Poivrot :   - Et p'tit à p'tit ils se sont enfermés là-dedans.
Ils n'ont plus grand chose d'agréable.
Seulement le nécessaire et indispensable inconfort.

Fada :   - Ouais !
Et les femmes, qu'est ce t'en fais !?

Poivrot ne prête aucune attention à l'intervention de Fada et continue.

Poivrot :   - Les femmes, il ne leur manquait plus que l'argent et le pouvoir ! Régner !
Régner … OFFICIELLEMENT !

Fada :   - Eh, régner, …, régner comme un prince !

Poivrot :   - Oui ! Régner ! Et payer !
        Ça aussi, les hommes sont en train de le perdre !

Subtil :   - Je crois bien que t'as raison !

Poivrot parle en montant le ton crescendo.

Poivrot :   - Eh !, sûr que j'ai raison, mon gars !
        Ils se sont enfermés et ils ne le voient même pas !
        Puis maintenant pour en sortir, ..., mon cul !
        Et tout ça pour celui des femmes !
        C'est lui qui dirige tous ces hommes faibles !,
        ceux qui se disent de gros virils et qui n'ont rien
        dans l'cigare !
        Elles leur font faire ce qu'elles veulent, et eux, en
        se tapant sur le torse, le font et ils sont contents !
        Les ...

Subtil le coupe.

Subtil :   -Oooh, stop !, attends, .., écoute !

Poivrot :   - Bon, ça va ! J'arrête !
        Parait qu'j'suis trop vulgaire ! , des fois, ...
        Mais j'ai pas tort.

Subtil :   - Non, t'as pas tort.
        Mais pour en sortir, maintenant, faudrait l'aide des
        femmes.
        Et ça, c'est pas d'la tarte !

Fada :   - Ouais !
Ça, c'est bon, ..., quand la femme fait la tarte !
Puis, les gonzesses, faut leur laisser les choses des gonzesses !
C'est pas pour les hommes, ça !

Poivrot :   - O.K., Fada, O.K. !
C'est bon, t'as encore tout compris !

Épilog vient s'installer au bar à coté de Poivrot qui se retourne vers Gargotier.

Poivrot :   - Eh, Gargotier, un blanc, un !
Et mets en un pour mon ami !

Poivrot lui tend son verre, Gargotier en met un autre à côté et les remplit.

Épilog :   - Tu sais, Poivrot, si on tient compte de la définition réelle du mot virilité, pris dans son contexte naturel, et non au sens où il est largement utilisé par la population, comme aurait dit Guitry, courante autant que traditionnelle, en tenant compte, bien sûr, des us et coutumes inhérents à notre époque, il me semble pouvoir soulever un coin du voile sur le problème en supputant, tout autant que les ...

Poivrot le coupe.

Poivrot :   - Eh, dit donc, toi !

T'as lu l'bouquin, là, sur les masturbations intellectuelles, hein, qu'y est sorti y a pas longtemps, quoi, ..., hé ! OH !!

…

Si j'te paye un coup à boire, c'est pour que tu boives, pas pour que tu parles !

…

Dis !, tu nous mets cinquante mots pour affirmer un truc, euh, que quand t'as fini la réponse on a oublié la question.
Où on va, là ?!
Y en a marre, hein !

…

T'as des actions chez Larousse ou quoi !?

…

Du calme !

…

C'est l'début de la journée et tu commences déjà à nous soûler avec tes romans à rallonge pour dire deux mots !

…

Alors c'est bon ! Arrête de suite, hein ! Stop !

Épilog :   - Certes, mais toutefois il me semble que

…

Poivrot :   - Ouais, oh, oh ! Il te semble, … euh, ..
À chaque fois qu'je te rencontre, euh, … « Ouais, bonjour, il me semble que, il te semble que, allez viens, on va disserter, on va conjuguer, ... »
Eh, oh, oh, oh, oh, oh !

Poivrot, déjà très insistant s'énerve tout d'un coup.

- Stop ! Il ne te semble rien ! D'accord !?!

Épilog :   - Bon, …, bon ! Si nul ne veut m'entendre, je m'arrête. Je m'arrête !

Poivrot :   - Ouais, hop ! Stop !
C'est, ..., c'est, c'est ça ! Arrête-toi !

ACTE III   CANETTE

Un homme arrive, vêtu d'une tenue de livreur.

Gargotier :   - Salut, Canette !
   Qu'est ce que tu m'apportes, aujourd'hui ?

Canette :   - Salut, patron ! Comme prévu !

Canette regarde sa feuille et débite rapidement sa liste.

Canette   - Quinze bières, douze cocas, six sodas,
   trois Schweppes, trois sirops, cinq limonades, ET
   ... quatre fûts de pression !

Gargotier :   - Parfait ! Parfait ! Eh, eh, eh, eh !

Canette :   - Je les range comme d'habitude !?

Gargotier :   - Ouais ! Comm' d'hab !
   Ouais, ouais, ouais, ouais !
   Après tu viens boire un demi avec moi !

Canette :   - O.K., mais vite fait, hein ! J'suis garé en
   triple file ! Ah, ah, ah !
   Ils vont encor' gueuler ! Ah, ah, ah !
   Ils vont klaxonner ! Tut !Tut !
   Rien à foutre !
   Eh ! Boire un coup, c'est une OBLIGATION !

Canette disparaît pour décharger puis revient boire son demi.

Canette :   - Alors, tout va comme tu veux !?

Gargotier :   - Ouais, ouais, ouais ouais, euh, toujours le train train, hein, ça devient lassant.

...

« Madame va bien ? »

« Oui. Elle a jamais l'sourire, mais bon, eh, ça a toujours été comm' ça ! »

« Ah ouais ? »

« Ouais »

« Très bien !, à bientôt »

...

J'en ai un peu marre de voir tous les jours les mêmes têtes, entendre les mêmes plaisanteries, les mêmes plaintes, et surtout les mêmes CONNERIES !

Canette :   - Allez, va ! T'plains pas !

T'as un boulot où ça change.

T'as d'la chance d'pas fair' toujours pareil, t'as la chance d'avoir d'la variété dans la journée.

Tu vois toujours les mêmes cons, mais ils disent pas toujours la même chose.

T'as au moins des têtes qui tournent !

Ouais, c'est comme une roulette !

Quarante neuf cons mais avec un zéro !

Quand tu tomb's sur l'zero t'es content !

...

T'as pas compris ! ...
C'est pas grave !

Gargotier :　　- Ouais ! Si on veut !
C'est vrai, quelque part t'as raison, mais y a la
routine qui fatigue !

Canette :　　- Allez, va ! Plains-toi !
Moi, faut qu'je file ! T'as vu l'boulot ! Hein ! ?
Toujours en triple file !
... Y vont encore m'engueuler !
... Mais j'm'en fou !

Et il sort.

ACTE IV DÉMARCHEUR

Entre un homme d'affaires, vêtu en costume et cravate.

L'homme : - Salut, Gargotier !
Jette-moi vite un petit blanc, ..., pour la route !

Gargotier le sert.

L'homme : - Encore une tournée de toute la journée
pour leur déballer, ..., mon bla-bla !

Poivrot : - Toi, au moins, t'es un homme de parole !

L'homme : - Mais j'en ai marre, tu sais, de raconter la
même chose, tous les jours, toute l'année, toujours
la même chose ! ...
Efficacité !

Poivrot : - Ben ... change de refrain !

Poivrot se retourne vers Gargotier en lui désignant son
verre.

- Eh, Gargotier ! Il est vide !
Et un verre vide, c'est pas un verre plein !
Donne-moi son frère !

L'homme : - Lucidité !

Gargotier remplit le verre.

L'homme :   - Et puis, maintenant j'y crois plus, à ce
que je leur dis.

Gargotier :   - Ça marche plus ?

L'homme   - Mais si, ça marche toujours !
Même toujours mieux !
Efficacité augmentée !
Un peu plus chaque jour.
Je vends toujours plus, et n'importe quoi ...
Réalité ! ...
Je vends des trucs complètement cons qui
serviront jamais, …, à rien.
Stupidité !

Gargotier :   - Au moins t'es pas à la rue !
Puis on risque pas de te mettre à la porte !,
enfin …

L'homme :   - C'est un très mauvais jeu de mots !

Gargotier :   - Y a quand même un paquet de cons sur
terre !
Une chance, …, pour toi.

L'homme :   - Ouais ! Je l'sais !
        Et j'suis bien placé pour l'savoir ! ...
        Oser ! ...
        Tiens, la semaine dernière, même toi ..., euh,
        enfin, bref, ... euh ...
        C'est le métier, quoi, ..., et l'habitude !, ...
        Routine …

Gargotier :   - Comment ça, moi ?
        Tu racontes quoi, là ? Tu es en train de ...

L'homme :   - Non, non, non, non ! Euh, ...,
        Erreur !

Gargotier :   - T'as bien dis « toi » ? !, enfin, « moi » ? !

L'homme :   - Non pas toi !

Gargotier :   - Quoi, pas « toi ! ? »
        Puis j'parle français, moi !, merde !

Poivrot :   - Tiens, Gargotier ! Il est encore vide !
        Jette-moi son p'tit frère !

Gargotier :   - Eh, toi !
        Essayes pas d'changer d'sujet !

Gargotier remplit le verre, Poivrot l'entame à peine.

Poivrot :   - Bon, j'vais pisser un coup !

Il sort en laissant le verre sur le comptoir.

Épilog :   - Effectivement, il me semble que
lorsqu'on n'a plus ...

Gargotier le coupe de suite.

Gargotier :   - Bon, c'est bon, Épilog, c'est bon ! O.K. ?
Tu réduis la vitesse !
Y a les panneaux ! Y a tout !
Là tu réduis ! Eh ! Parce que là tu commences, ...
Il est encore tôt, hein !

Épilog :   - Non, mais, ...

Gargotier, plus sèchement :

Gargotier :   - Si ! Si, si ! Stop! Basta ! Non mais alors !
C'est quand même moi l'tôlier, ici !

L'homme s'adresse de nouveau à Gargotier.

L'homme :   Tu sais, raconter tous les jours les mêmes
conneries aux gens, les mêmes salades pour leur
vendre des choses, des choses auxquelles on ne
croit plus, leur tirer le peu de fric qu'ils ont pour
des bouquins qui brillent, des bouquins qu'ils ne
liront jamais et voir leurs gosses mal habillés, ...
Comprendre des vies misérables, et leur piquer
tout ce qu'on peut ...
Non !
J'ai plus envie !
Voilà !

J'mets pas d'point final !
J'explique !
J'énumère !
Je raconte !
…
Et pourtant faut y aller quand même !

Il s'adresse à Descarte.

L'homme : - Qu'est ce t'en penses, Descarte ?

Descarte : - Ce que j'en pense, je n'en sais rien.
Mais je sais que je pense, ..., donc je suis !

L'homme : - Allez, Gargotier, à ce soir !
Et si tu veux encore des encyclopédies, passe me
voir !

L'homme vide vite son verre et sort en souriant.

Gargotier : - Vas-y, truand !
Voleur ! ...
Regardez-le !
Tu s'rais pas juif toi !?
Eh, non, bon hé, on arrête !
Ca va !
J'ai rien dit !

ACTE V CANICHE

Un couple d'un certain âge, costumes amidonnés, entre dans le bar et s'avance.

La dame tient dans ses bras un caniche nain bien habillé et affublé, sur la tête, de quelques nœuds enrubannés.

Arrivés au comptoir le monsieur s'adresse à Gargotier.

Lui :   - Bonjour ! Deux cafés, s'il vous plaît !

Gargotier :   - Bonjour, m'sieur, dame ! Tout d'suite.

Il leur sert deux cafés, puis Gargotier regarde le chien.

Gargotier :   - Ah, bhé, c'est un joli toutou
            d'appartement, ça !
            C'est qu'il laisse pas de poil comm' ça, là !
            Il doit pas sortir souvent pour être aussi propre et
            soigné.
            Il a pas regardé la pub sur la pollution, hein, l'petit
            chien !

Elle :   - Non, il ne sort pas.
            Vous savez, on est en ville, et pour ce qu'il y a
            dehors …

Lui :   - Puis, quand vous regardez ce qui se passe
               partout, y a de quoi être dégoûté !
               …
               Plus je connais les gens, et plus j'aime les bêtes !

Ils finissent leur café et le monsieur s'adresse à Gargotier
:

Lui :   - Je vous dois ?

Gargotier :   - Quatre euros, s'iou vous plaît !

Le monsieur paye, Gargotier va pour lui rendre la
monnaie.

Lui :   - Non, non ! Gardez tout, mon brave !

Et ils sortent.

Poivrot s'approche de Gargotier.

Poivrot :   - T'as entendu ?
               Dis, t'as entendu ces conneries !?

Gargotier :   - Eh, quoi ?!
               C'est vrai qu'c'est crade, dehors !

Poivrot :   - Mais non !, pas ça.
               Y'en a qui disent que plus y connaissent les gens
               plus y z'aiment les bêtes !

Gargotier :   - Oui, et alors ?

Poivrot :   - Toi, t'as jamais été rapide pour
comprendre.
...
C'est pas ceux là qui arrangeront les choses !
Eux, c'est des autruches !
La têt' dans le sac !
T'as déjà vu une autruche !?
Y a l'bec ! Cuic, cuic, cuic, cuic !
Doit même y en avoir des élevages, d'autruches !
Quand on voit les gens dans la rue, ...
J'vais t'dir' ! ...

Poivrot marque un temps d'arrêt et puis reprend, comme
las.

Oui, bon, politiquement t'as rien compris.
O.K. !

Gargotier :   - Euh, non, pourquoi ?

Poivrot :   - Eh, regarde !
Comprends !
Essaye !
Pour les gens, faut vraiment faire quelque chose !
Pour les animaux, y a qu'à les dresser.
Quelques roustes et quelques coups de bâton, ça,
c'est facile.
Améliorer les gens, c'est pas pareil !

Gargotier :   - Et tu crois qu'on y peut quelqu' chose,
       hein ?... sans la trique et le bâton !?

Poivrot :   C'est sûr !
       Mais faut voir les choses en face, pas la tête sous
l'sable.
       Faudrait vouloir se battre, pour ça !

Gargotier :   - C'est bien c'que j'dis !, la trique et le
       bâton.

Poivrot :   - Mais non ! Pas se battre comm' ça.

Épilog :   - Si je peux me permettre je relèverais
       que...

Poivrot l'interrompt avec véhémence.

Poivrot :   - Non ! Tu peux pas te permettre !
       D'accord !?
       Tchhht !
       Tais-toi !

ACTE VI   FACTEUR

Arrive le facteur.

Gargotier :   - Tiens ! V'là l'plus heureux ! ...
          V'là l'facteur ! ...
          Salut, feignant !

Facteur :   - Salut, Gargotier !
          Salut à tous !

Gargotier :   - Comment tu vas ? ... Feignant !

Facteur :   - Ça va !
          J'te laiss' les missives des habitués, comm'
          d'habitud'.

Gargotier lui désigne le casier habituel.

Gargotier :   - Tiens, quand t'as tout posé, viens boire
          un p'tit café.

Facteur :   - Ouais, mais alors vit' fait, hein, parc'que
          j'bosse, moi !

Gargotier :   - Y s'moque du monde lui, là, hein ! ...
          T'es pas en grève, non !? ...
          O.K. ! ...

J'ai envoyé une lettre, euh, c'était la rue d'à coté,
hé, y'avait qu'à traverser, ...,
Elle a mit dix huit jours à arriver !

Facteur :   - Merci, docteur, de le fair' remarquer !

Pendant que Gargotier sert le café, Facteur dépose les
lettres dans le casier.

Facteur :   - Ah ! Encore un catalogue pour Madame
        Duplot !
        Cell' là, tellement feignante qu'elle sort mêm' pas
        d'chez ell' pour aller acheter ses fringues !

Gargotier :   - Qu'est ce ça peut te foutre !?
        Toujours en train d'critiquer, l'administrateur,
        l'fonctionnaire !

Une femme intervient.

Elle :   - Aujourd'hui on a plus le temps de rien !
        Les gamins, la vaisselle, le ménage, comment
        voulez vous qu'on puisse encore sortir pour faire
        les boutiques ?
        Ah, les mecs !
        Vraiment, à les écouter ...

Gargotier :   - Eh, la grognasse, là !
        Comment elles faisaient, avant ?
        Essaye de penser un peu, d'temps en temps, mêm'
        si t'as pas l'habitude !

Ça dérouillerait les mécanism's ! (Gargotier
désigne du doigt son crâne).
Là ! Dans ta têt', ..., de femme !

…

Avant, elles avaient encore plus de mômes
qu'aujourd'hui !
Et avant, y'avait pas les machines à laver, pas
d'sèche-linge, d'aspirateur et autres trucs comm'
ça !
En plus, à la campagne, elles travaillaient des les
champs avec leurs maris, et c'était pas des huit
heures par jours !

…

Et pourtant leurs gamins, y z'étaient pas à trainer
dehors comme ceux d'aujourd'hui !

Elle :   - Eh, les mecs !
Vous étiez là pour le voir, s'ils trainaient dans les
rues !?
Non !?
Où étiez-vous pendant ce temps ?

Gargotier :   - Eh, dit donc ! La grognasse !
Qu'est'ce tu dis !?
Tu veux toujours avoir raison, ou quoi !?
J't'ai déjà dit ! T'as pas l'habitud' de réfléchir !
Essaye quand même, encore !

…

Dehors, à la campagne, ..., y'avait pas d'rue, ...,
puisque c'était la campagne !

Silence.

Facteur :   - Ah ! Un recommandé avec accusé de
réception pour monsieur Duchnock.
Encore un qu'y a quelque chos' de pas clair !

Poivrot :   - T'es comm' les flics, toi, hein !
Supposé donc coupable !

Elle   :   - Et bien, elle est belle la présomption
d'innocence dans notre démocratie, hein,
messieurs !

Gargotier :   - Eh, dis !
Ta démocratie, c'est pas nous qu'on l'a crée !
Alors si la démocratie c'est la liberté, la liberté de
choisir, chacun la sienne !
Ça sera de la vraie démocratie, ça !

Poivrot :   - Anarchiste !

Silence.

Facteur :   - Aaah, …, les impôts !
On peut pas dire que ce soit une enveloppe
parfumée.

Poivrot :   - Si ! ... Pour le fisc !

Elle :   - Y en a marre de toujours payer !
On sait mêm' plus à quoi ça sert, ni où va tout
l'argent qu'on nous prend !

Poivrot :   - Ouais !
On nous dit c'est pour ceci, c'est pour cela, mais
si on en veut pas et qu'on s'en sert pas, de ceci et
cela, on doit payer quand mêm'.
Mêm' si t'en veux pas, t'es OBLIGÉ !
OBLIGÉ de payer !

Il s'adresse à la femme.

Poivrot :   - C'est ça, ta démocratie ?

Elle :   - Baaah ... !
Ah vraiment, t'es bien un mec, toi !

Silence.

Facteur :   - Tchao, la compagnie ! À demain !
Et v'là l'journal !

Facteur sort en jetant le journal du jour sur une table.

ACTE VII   JOURNAL

Un petit groupe mouvant se forme autour du journal.

L'un :   - Guerre par ci, guerre par là !
Toujours la même chanson.

L'autre :   - Ouais ! Dis, t'as vu ç'ui là ? !

L'autre :   - Qui ?

L'un :   - Pimpon !

L'autre :   - Ouais !
Maintenant, tu fais c'qu'y a de pire et t'as
cinquante ans pour t'excuser !
…
Mais si tu piques un auto-radio, t'as même pas dix
minutes pour aller le rendre !
Et avec des excuses, …, quand même, …, aussi, …,
siouplait !

L'un :   - Et oui ! C'est ça !
Plus c'est gros, plus t'as de temps pour t'excuser !
…
Mais faut s'excuser quand même !

Gargotier :   - Ben quoi ?! C'est logique !

L'un :   - Ta logique, elle est pas humaine !

Gargotier :   - Ben quoi !? Y en a qui sont vraiment
gros, ..., des autoradios !

Silence.

Poivrot :   - Eh !, les gars !
Vous vous étonnez encore que certains disent
« plus je connais les gens, plus j'aime les bêtes » ?

Silence.

Subtil se lève pour rejoindre les deux hommes. L'un
feuillette le journal.

Subtil :   - Ah ! Vous regardez les nouvelles !
Et vous avez déjà compté ?

L'un :   - Quoi ? Qu'est ce que tu veux compter ?

Subtil :   - La proportion.

L'autre :   - La proportion de quoi ?

Subtil :   - Des bonnes et des mauvaises nouvelles.

Eux :   - Non.

Subtil :   - Une pour onze !
            Même pas une pour dix !

L'un :   - Ça, c'est parce que tout va mal !

Subtil :   -Mais non !
            Y en a des choses bien qui arrivent à tant
            de personnes, …, y a des gens formidables, …,
            des témoignages d'Amour, partout, ...
            Mais tout ce qui fait du pognon, les seules choses
            qui intéressent le public, c'est l'horreur, ..., le
            malheur des autres !
            On dirait que ça leur fait du bien.

Fada :   - Y a pas d'mal a s'fair' du bien ! ..., eh !

Subtil :   - Ouais.
            Pt' êt' qu'ça leur fait du bien de savoir qu'y en a
            d'autres dans la merde.
            Dans la merde plus qu'eux !
            Alors ils trouvent leur situation plus enviable.
            Et ils acceptent.
            Mais ça s'rait chouett' de vouloir ressembler à
            ceux qui font mieux !

Poivrot :   - Ouais !

Fada :   - T'as encor' raison, Subtil !
            Mieux, ..., c'est mieux !

L'un se retourne et s'adresse à Fada.

L'un :   - Dis, on t'appelle pas La Palice, toi ?, spécialiste des lapalissades.

Fada :   - D'abord, j'sais mêm' pas qui c'est, moi, ce Lapalisse, ce Lapat Lisse !, ce La ... qui fait lapalissade …

L'autre :   - Mais non ! La Palice !
On t'as pas dit le mur ! On t'as dit La Palice !

L'un :   - Ah, c'est bon !

Subtil :   - Toujours que pour qu'on sache qu'y a mieux, faudrait déjà qu'on en parle.

L'autre :   - Alors, pour toi, le mauvais exemple, ou quelque chose comme ça, c'est la faute des journalistes !?

Subtil :   - Oui ! En grande partie oui !
Si les médias parlaient plus de ce qui va bien, les gens en auraient envie, mais à toujours parler d'horreurs ou de catastrophes, soit ils trouvent ça normal, soit ils ont peur et s'isolent, mais rien de bon.
…
Ça s'rait chouette de changer les exemples.

L'un :   - Ouais ! De toute façon, ceux là, y z'y sont sûr'ment pour quelque chose, les médias !
Y sont toujours dans tous les coups !

Fada :   - Dites; les gars, qui c'est, Lapat Lisse des lapalissades ?

Subtil :   - Bon, c'est bon ! C'est bon !
Laisse tomber ! Laisse tomber !
Y a pas de La Palice, y a pas d'mur ! Y a rien !

Subtil reprend.

Subtil :   - Puis y a plein d'pauvres !

Fada :   - Ouais !
Quelle horreur !
Moi j'ai jamais compris comment on pouvait vouloir être pauvre !

Poivrot :   - Eh, toi, ça va, toi !
Ils t'ont réformé, à l'armée, c'est pas possible !

Fada :   - Comment tu l'sais !?

Poivrot :   - Ça va ! Écrase un peu !

Fada :   - Bon !

L'autre s'adresse à Subtil.

L'autre :   - Sur'ment, Subtil !
Pour les médias et les exemples, t'as sans doute raison !
Et alors ?

Subtil :　　　- Pense aux gosses des ghettos !
Y'en a un paquet !
À force de voir ces affiches de publicités devant
chez eux où on donne des fois aux chats et aux
chiens mieux qu'ils n'auront jamais, comment
veux-tu qu'ils pensent ?!
C'est injurieux !

Fada :　　　- Ouais ! C'est une injure ! Putain !
T'as raison, Subtil !
Y z'en ont mêm' contre les chats et les chiens !
Les cons !, des ghettos !, et des publicités !, et
d'ailleurs !, d'ailleurs.
Peuv'nt pas penser un peu à ces pauv's bêtes !?
... Et à ce Lapat Lisse, que vous m'avez mêm' pas
dit qui c'est !

Subtil :　　　- Ah non ! Tu arrêtes ! Bon, ho !
Dès qu'on lui dit un nom, lui, du moment qu'il est
propre, le nom, ...

Fada :　　　- Ah bon !? Il se lavait, Lapat Lisse ?

Subtil :　　　- S'il te plait, laisse tomber !

Fada :　　　- Lapalisse, euh, ...

Subtil :　　　- Bon, bon, c'est bon !

Subtil se ressaisit et poursuit.

Subtil :   - Avec ça, faut pas s'étonner qu'ils se
révoltent, que la délinquance augmente, et qu'ils
vivent dans la violence !

Fada :   - Ouais ! Révolution ! Y a qu'ça d'vrai !
D'tout' façon y compren'nt rien, tous ces cons !
Tous, avec Lapat Lisse y compris !
Ou, Lap Alisse, ..., euh, ...

Subtil :   - Dis donc, hé, tu peux pas l'oublier, La
Palice !?
Qu'est ce qu'il t'a fait, La Palice ?, . Non, mais !?,
bon, ...

Poivrot s'adresse à Fada d'un air quasiment désespéré.

Poivrot :   - Bon, ça va !, Fada, ça va !

Après s'être ressaisi une nouvelle fois Subtil reprend.

Subtil :   - C'est normal que ces jeunes haïssent la
société et tous ceux qui la Représentent.
On peut comprendre qu'ils veuillent casser parce
qu'ils ne peuvent pas crier leur souffrance
autrement.
Parce qu'on ne le leur permet pas !

Fada :   - Non, on le permet pas !

Subtil ne prête plus attention aux propos de Fada.

Subtil :   -Faut pas s'étonner qu'il y en ait qui volent par réaction, ou pour avoir des miettes de tout's ces chos's qui brillent et qu'ils n'auront jamais !

Fada :   - Ouais ! C'est Subtil qu'a raison !
Faut pas donner c'qui brille à tout l'monde !

Subtil :   - On provoque la haine puis on veut la combattre.
Faudrait commencer par vivre humainement avec tous !

Fada :   - Ouais, Subtil !
Faut être humain avec tous ces cons qui préfèrent les bêtes !
Ouais, Subtil ! C'est toi qu'as raison !

Silence.

Fada :   - Dit', les gars, ..., c'est qui, ..., Lapat Lisse ?

Poivrot :   - Oh, là là, là là,, là là !
Eh ! On va te faire comme le barde, hein, dans Astérix ! On va te bâillonner !

Silence.

Épilog :   - Dis, Fada, La Palice ! Tu connais pas La Palice ?
Attends ! Je vais t'expliquer !

Subtil bondit.

Subtil :   - Ah, non !
Tu vas pas lui expliquer !
Non, non ! Oh, non ! Non !
Sinon j't'éclate ! Je t'éclate ! Je t'éclate !

Épilog :   - Bon !

Silence.

L'un regarde le journal :

L'un :   - Ça y est !
Ils vont toucher à la semaine de 35 heures !

L'autre :   - Les cons !

L'un :   - Pourquoi ?

L'autre :   - Putain !
Sept jours par semaine !
Heure d'hiver, heure d'été !
Trente neuf heures égalent trente cinq heures sur le bulletin de paye, mais pas pour le patronat !

Là où t'en faisait trente-cinq en quarante
maintenant t'en fait plus de quarante, …,mais en
trente-cinq, …, et on te dit que c'est normal.
On y comprend plus rien ! ...
Je commence juste à m'habituer aux euros, alors...

L'un :　　　　　- Eh, quand même !

Poivrot　　　　: - Pour les euros, dépêche-toi !
Ça pourrait encore changer !
Alors ça te multiplierait les divisions !

L'autre :　　　　- Ouais ! Peut-être, …, sans doute, …
Mais je suis sûr que tout ça c'est encore un piège
contre les travailleurs !

Silence.

L'autre reprend :

L'autre :　　　　- Sûr que bientôt ils vont aussi voter les
week-ends de trente cinq heures !
Heures d'hiver !, …, payées en heures d'été !, …,
l'hiver !
Et ils t'indexeront tes congés payés d'été sur les
heures d'hiver, …, l'été !
Mais là t'auras que ....
…
Puis, les congés payés en euros, c'est la même
longueur qu'en francs ?

…
D'abord, ça fait combien, la longueur de l'euro,
l'été ? … Ou l'hiver ?
... Tu le sais, toi ? ! ... Non !
…
C'est toujours pareil, d'abord on t'embrouille puis
quand tu comprends plus rien
…

L'un reprend sur le journal.

L'un :   - Té ! Parait qu'on risque un retour de la
vache folle en France !

Fada :   - C'est quoi, déjà ça ?
C'est pas la maladie qui te bouffe le cerveau ?

L'un :   - Euh, on l'avait découverte avant, la vache
folle !
... Parc'que, en a qui ont l'cerveau bouffé par une
maladie que, ..., euh, ...
Bon, .., j'insiste pas !

Poivrot :   - Exactement !
Et toi, tu risques pas de l'attraper !

L'un :   - Pourquoi ?

Poivrot :   - Parce que pour qu'elle te bouffe le
cerveau, faudrait déjà que t'en aie un !

Subtil :   - Eh, les gars, rigolez pas avec
l'encéphalopathie spongiforme !

Claude :   - Ouais ! Parce que des cerveaux qui
absorbent tout et qui rejettent rien, on en connaît,
hein !

Subtil :   - Puis on dit pas maladie de la vache folle
mais maladie de Creutzfeldt-Jakob !

Fada :   -Eh, c'est une maladie d'juif, ça !

Subtil :   - Le combat n'est pas encore gagné !

Fada :   - Jacob ! Un juif ? Le combat ? Non, Jacob
… Oh là là !
J'y comprends rien, comme d'habitude, mais moi,
de toute façon, je suis contre les guerres de
religion, moi !

Silence

L'un :   - Eh, les gars !
L'autre jour l'église se repend, sans se répandre,
sur sa participation aux horreurs du nazisme !

L'autre :   - Ouais ! D'accord !
Mêm' l'église avoue !
Là, on dépasse les cinquante ans pour s'excuser.
Mais elle, elle a le temps, comme toujours.
Ça leur fait une belle jambe, aux quatre survivants
d'aujourd'hui.
Tous les autres y sont déjà crevés !

Subtil :   -Ça c'est vrai ! J'en ai pas vu beaucoup
applaudir, de ceux de l'époque !

L'un :   - Attends !
Ça a lancé mode ! Après y a eut les flics !

L'autre :   - Ah, attention, avec les flics !
Même quand ils se repentent, eux aussi c'est des
malins !
Quand ils te demandent tes papiers, ils disent pas
« je me repends de te demander tes papiers ! »,
hein !
C'est « Tes papiers et tu vas venir te repentir de
toutes tes conneries au commissariat !
Et plus vite que ça ! »
…
Puis eux aussi y s'prenaient pour des petits Hitler
quand c'était l'plus fort ! Comm' toujours !

L'un :   - Puis maint'nant c'est les médecins qui
demandent pardon !

Poivrot :   - Là t'as pas l'air d'un con !
                Y s'est gouré sur le diagnostic, et il va te
                demander pardon ! ...
                Trop tard, t'es mort ! ...
                Bon !

Fada :   - Oh !
                T'es en train de tout embrouiller, toi !

Poivrot :   - C'est vrai !? Ah bon.

Fada :   - Récapitulons !
                Alors y a les médecins, y a les flics, y a l'église, ...

Poivrot :   - Putain ! Si les flics commencent à imiter
                les curés, ...

Fada :   - Et, Lapat Lisse aussi, alors, il va se
                repentir, lui aussi !

L'autre :   - Y a des élections bientôt ?

L'un :   - Pourquoi ?

L'autre :   - Parce que, ..., quand ...

Silence.

L'un :   - Arrêtez ! Arrêtez !
          Vous parlez de guerres, d'horreurs, de racisme !
          Ça suffit !
          Faut arrêter de faire chier les étrangers !

L'autre :   - Comme ils disent, faut s'rap'ler !
          Eux aussi, ils se sont battus avec nous, dans les
          mêmes guerres, et pour les mêmes horreurs !

Poivrot :   - Eh, ça c'est vrai, ça !

L'autre :   -Non, non !
          Quand j'étais au service militaire, y avait un
          arabe, l'était toujours planqué !
          Faisait jamais la corvée de patates !

Poivrot :   - Toi, t'es vraiment un raciste !

L'autre :   - Non, non !
          J'suis un réaliste !

Poivrot :   - Alors t'es d'accord qu'on s'est battu
          ensemble dans les mêmes guerres !
          Ça s'oublie pas, ça !

L'autre :   - Sûr !
          Surtout quand on était pas dans le même camp !
          Ça, ça s'oublie encore moins !

Silence.

L'un :   - Eh, les gars ! La C.S.G. est le plus gros impôt du pays !
Elle dépasse largement l'impôt sur le revenu !

L'autre :   - Ah bon !?
Tu payes des impôts, toi ? Pas moi !
Alors j'sais pas c'que c'est la C.S.G.
Et j'm'en fou !

Descarte :   - Les impôts, ça va, ça vient, …
Comme disait Jules, »Veni, vidi, vici »

Gargotier :   - Je sais pas qui c'est, ton Jules, et je m'en fou.
Tous les ans, moi j'connais l'impôt qu'est revenu, qui a pris, qui est parti et qui est jamais revenu avec.

L'un :   - Ah ! ah, ah, ah !
C'est pas vrai ! Elle est bonne, cell' là !

L'autre :   - Puis tu le sais, toi, c'que c'est, la C.S.G. ?

L'un :   - Non ! Pourquoi ?

Gargotier :   - C'est Connerie Supérieure Généralisée !

Poivrot :   - De toute façon, ils se sont gouré dans l'ordre des lettres !
C'est la C.G.S. !
Même la C.G.S.-C.E. !

L'un :　　　　- Et ça veut dire quoi, ça ?

Poivrot :　　　- Contribution Généralisée des Salariés
aux Conneries de l'Etat !

Gargotier :　　- Eh ! J'en étais pas loin !

L'un :　　　　- Mais de toute façon, c'est un impôt juste
et bon !

Gargotier :　　- Pourquoi tu dis ça, connard ?
Les impôts, surtout quand je les paye, ils sont
jamais justes, et surtout jamais bons !

L'un :　　　　- Ben, ils l'ont dit !, ..., à la télé !
Tu regardes pas la télé !?

Silence.

Fada :　　　　- Et pour la CSG, ils ont dit comme pour la
vignette !
La vignette, c'était pour payer la retraite des
vieux.
Et c'était juste pour un an ou deux.
Ça a duré de 1956 à 2000 !
Quarante-quatre ans !

Poivrot marque une grande surprise.

Poivrot :   - C'est, c'est Fada qu'y a dit ça ? ! ? !

L'un feuillette le journal.

L'un :   - Les gars ! Ça y est ! Ouverture du net !

L'autre :   - Ah bon ! C'est une nouvelle laverie ?

L'un :   -Qu'il est con !
Mais non ! Le net international ! ...
L'informatique, quoi ! ...
Tu connais pas l'américain avec des lunettes qui
est plein de dollars ?
Il se permet de faire des milliards en une journée !
Tu pourras faire le con toute ta vie, tu perdras pas
le centième, pas le millième du pognon qu'il
gagne tous les jours !

L'autre :   - Ben oui ! ... Puisque j'parle pas anglais,
moi ! ... C'est normal.

L'un :   - Mais qu'il est con ! A ce point, ça devrait
être interdit.
... On devrait faire des lois contre ça !

L'autre :   - Décidément !
Quelle époque fantastique !

L'un :   - Euh, ..., qu'est ce que tu veux dire ?

L'autre :   - Si on avait dit à nos grands parents qu'on pourrait un jour envoyer son linge sale se faire laver à l'autre bout de la planète grâce aux ordinateurs …

L'un :   - Eh, ..., attends !
Envoie ton linge sale en Chine, j'te garantie pas qu'y va revenir repassé.
Parce que, les bridés, eux, ils ont une autre façon de voir les choses !

L'autre :   - Là, tu dois avoir raison !
... C'est même évident, qu'ils ont une autre façon de voir les choses, les bridés.
Et surement en plus large !

L'un :   - Et, ... euh, ..., qu'est ce que tu veux dire par là ?

L'autre :   - Ben, t'as vu leurs yeux !? La forme ! ...
C'est même surement du cinémascope !
Seize neuvièmes !

Silence.

Elle   :   - Vous souriez tous en vous retenant d'éclater de rire, mais il a pas complètement tort !
..., pour une fois ! ...
Les politiques et les militaires aussi, ..., ils ont des ordinateurs !
Et pour ce qui est du linge sale ...

Silence.

L'un :   - Ouais !
            En clair, ça veux dire qu'ils peuvent aller
boire un coup et en même temps programmer
quand c'est qu'ils envoient la bombe sur la gueule
des autres !
…
Dans les cyber-mess !
…
Pendant qu'ils vont pisser.
…
Et oui ! C'est ça le progrès !
…
Et quand ils ont fini de pisser, l'affaire est réglée !
…
Là, c'était des français, …, les militaires,
Parce qu'en France, on picole !,
Et boire, ça fait pisser !

Silence.

Subtil :   - Et nous vivons à l'ère de la « réalité
virtuelle » !

L'autre :   -Oh, eh ! Arrête de nous insulter !

Subtil :   - La réalité virtuelle !
... Quelle expression !
... Aussi insensée que stupide !

Silence.

L'un :   - Eh, …, hé, les gars !
Encore l'affaire « sensible » qui rattrape l'auteur
des massacres d'il y a plus de trente ans !, cet
ancien responsable politique.

Fada :   - Affaire sans cible ! On tire dans le tas !

Elle :   - Whaaaa ! Plaisantez pas avec des choses
aussi graves !

Subtil :   - Et qu'est ce qu'ils en disent, aujourd'hui
d'cette affaire ?
Parce que, maintenant, ça fait vraiment roman
feuilleton.
Y a des mois que ça dure !

L'un :   - Encore l'affaire des morts de la journée
de répression contre le F.L.N. !

L'autre :   - Le F.L.N. ?
...
Ah, oui ! Les arabes qu'avaient appris à parler
français et qui sont descendus dans la rue !

L'un :　　　　- Arrête de déconner !
Sans doute 200 morts au lieu des deux qu'on avait annoncés !

L'autre :　　　Y m'semble avoir entendu 400.
Tous les jours y en a 100 de plus !
C'est pour les journaux. Ça fait vendre !,
… Chaque fois qu'ils en rajoutent.

Subtil :　　　- Oui !
　　　…
Les morts, les tortures, les corps jetés dans le fleuve, tout cela est horrible !
Et le silence, le secret, tout est enfermé dans les archives, et interdiction des les ouvrir !

Gargotier :　　- Et alors, qu'est ce ça peux te foutre ?
Tu vas quand même pas remuer toute la merde de la ..., de, ... hein !
On t'a rien demandé !

Elle :　　　　- Oui ! C'est ça, la loi !
TOUT doit rester secret !
Du moins tant qu'on peut les juger.
Et on appelle ça la démocratie, un état de droit, de liberté d'expression et de vérité.
C'est honteux !

Gargotier :   - Eh, dit donc ! La grognasse !
Tu vas pas ...
On t'a déjà filé le droit de vote, hein, ça t'suffit
pas, non ?
Putain, on leur donne ça, elle veulent ça !
Et en plus du droit de vote, maintenant elles
voudraient avoir le droit de parler en public !
Non, mais, où on va, là !?

L'autre :   - Ouais ! Toujours que, ...
On pourra peut être ouvrir un jour les archives,
mais seulement après sa mort !
Au moins il est tranquille, ..., lui !

Subtil :   - C'est à dire que si t'es préfet tu peux
déconner toute ta vie et pendant 100 ans on
insultera pas tes mômes !

Poivrot :   - Vous vous rappelez de cette femme qui
n'avait plus d'argent, plus de travail, plus de
domicile, et qui avait volé un bifteck pour nourrir
ses gosses ?
...
EST CE QUE VOUS VOUS RAPPELEZ DE
ÇA !!! ?
...
Elle a été condamnée à de la PRISON FERME !
...
Et SUR LE CHAMP !
... Tout de suite !
...
On l'a pas foutue aux archives, elle !!!

Silence.

L'un :   - Toujours qu'en parlant de bifteck, l'autre,
                 il meurt pas de faim !
                 Tous les accusés attendent le jugement en prison,
                 lui il attend dans des hôtels quatre étoiles en
                 mangeant à des tables de chef.
                 Mesure « spéciale » du tribunal !

L'autre :   - Ça, c'est vrai que c'est spécial !

L'un :   - Et on sait même que s'il est reconnu
                 coupable il pourra pas être emprisonné avant
                 plusieurs années !

L'autre :   - Vu son âge, il risque pas grand-chose.
                 Il sera surement mort avant !

Fada :   - Mourir libre, et de son vivant !

L'un :   - Toujours que c'est la loi ... Pour lui !

Silence.

Gargotier :   - Euh, comment on dit, déjà ? , ..., euh, ...,
                 Liberté ..., euh, ..., Egalité ..., euh, ..., Fraternité,
                 ... euh, ...
                 Attends, j'sais plus !

Silence.

Gargotier :   - Ou, ..., égalité, liberté, ...
                Tous cons devant la loi et tous différents dans
                l'escroquerie !
                C'est ça ! Voilà ! C'est ça ! Bon.

L'un :   Mais pour l'autre, vous trouvez ça, ...

L'autre :   - C'est une question purement
                administrative !
                Une question de délais pour les dossiers !

Silence.

Poivrot :   - Toujours qu'ils vont plus vite pour les
                autoradios, ..., leurs dossiers.
                Vachement plus vite, même ! ...
                On pourrait presque croire que c'est fait exprès !

Silence.

L'un :   - Ouais ! On pourra les ouvrir, ..., les
                dossiers, ..., après sa mort. ...
                Quand ça ne concernera plus personne !

L'autre :   - Et que tout le monde s'en foutra !

Silence.

Elle :   - C'est une honte !
Les pires assassins, les pires monstres sont
protégés et les larcins vont direct en prison !

L'un :   - Ouais !
Et en plus, pour l'affaire de la répression, qu'on
parlait tout à l'heure, c'est que des arabes qu'il a
massacré !

Gargotier :   - Et alors ? Qu'est ce t'en a à foutre ?

L'autre :   - Personne a pensé à prévenir S.O.S.
racisme ?

Silence.

L'un :   - Et puis, vous avez vu ? !

L'autre :   - Quoi ?

L'un :   - Cardiologie ! Il est soigné en service de
cardiologie !

Fada :   - Cardiologie ? C'est qui, ç'ui là ?

L'un :   - Il va en service de cardiologie !
Il passe des examens médicaux !
Il est malade, ..., le pauvre !!

L'autre :   - Il nous fait le coup du cœur maintenant !
L'a vraiment pas honte !

L'un :   - Il en a fait, lui, des examens médicaux
pour la déportation ?
Des certificats d'aptitude aux camps ?
Aux camps de la mort ! ? !

Silence.

L'un :   - Ce con, il sait en profiter, lui ..., de la
démocratie !

Silence.

L'autre :   - Ouais !
Tu verras, il connaît toutes les ficelles !
J'te dis qu'il serait mêm' capable de crever pour
échapper à la justice ! ..., qui le rattrape, ...,
lentement, …, très lentement.

L'un :   - Ben, à son âge, ..., on sait plus courir !

Silence.

Épilog :   - Franchement, je ne trouve, pour qualifier ces situations, qu'inique !

Poivrot :   - Euh, là, Épilog, avant de te taire, ..., tu peux expliquer ? ... J'ai pas compris !

Subtil :   - Épilog, pour une fois, tu marques un point !

Fada :   - Y nique, qui nique, je voudrais bien voir ça, à son âge, s'il nique !

Femme :   - N'zu ! Tais-toi, Fada, tais toi ! T'as encore rien compris !

Fada :   - Mais si !
J'ai compris qu'il nique, et j'y croit pas !
Ça, c'est encore pour faire vendre des journaux !
Suis sûr qu'y va poser dans « Play Boy », ce vieux croûton !
…
Mais on va grave retoucher la photo.

Épilog :   - Non, Fada, non !
Il veut dire que c'est une situation inique !

Poivrot :   - Ah, oui !, Unique !
Pour une situation unique, c'est'unique !

Fada :   - Comment ça, tunique ? !
               Suivez pas l'actualité ? Il était pas tailleur !
               L'était préfet !

Épilog :   - Bon, bon, ça va, Fada, ça va !
               Laisse tomber !

L'un :   - Eééh ! La France avait une base militaire
               de 6 000 Km² en Algérie jusqu'à récemment !
               C'est écrit là ! Viennent juste de s'en apercevoir !
               ...
               Non ! Pas les militaires ! ..., quoi que, ... y s'raient
               capables de le dire, ..., enfin, ...
               Toujours qu'on en parlera surement pas
               longtemps, de ça.
               Là, c'est les journalistes qui vont devoir fermer
               leur gueule !

L'autre :   - Et c'était pour y faire quoi ?
               Y z'étaient pas là bas pour apprendre à faire le
               couscous, quand même.

L'un :   - Ils disent qu'ils y expérimentaient des
               gaz de combat.

L'autre :   - Mheueueu ! Arrête !
               On était pas potes avec les nazis, nous, quand
               même !

Femme :   - Pourquoi tu précises : « Ils disent » ?

L'un :   - Parc'que plus j'en vois, ..., moins je crois
qu'on nous dit la vérité.
D'abord, pourquoi c'était une base SECRETE !?

L'autre :   - En fait, tout ça, c'était donc APRÉS la
guerre d'Algérie !?

L'un :   - Eh, oui ! Bien après, même !
Et surement depuis, et sans doute, bien avant !

L'autre :   - Ils le disent aujourd'hui ?!
Parce que, la guerre d'Algérie, c'était 58/62, si ma
mémoire est bonne.
C'était pas hier !

L'un :   - Oui ! Ta mémoire est bonne !
Peut être qu'ils avaient pas fini d'expérimenter
pendant la guerre, alors ils ont joué les
prolongations, …, en secret.
Et sur place, c'était plus pratique.
Surtout pour le secret !

L'autre :   - Puis, c'est pas rien, une base militaire !

L'un :   - Non !

L'autre :   - Six mille Km² non plus !

L'un :   - Non ! Ca passe pas inaperçu.

L'autre :   - Alors, malgré la guerre, ils étaient assez d'accord, finalement, entre gouvernements !

L'un :   - Sans doute !
Y'en a qui devaient y trouver leur beurre.

Femme :   - Alors pourquoi on a fait souffrir et mourir tant de gens dans des conditions atroces, comme dans toutes les guerres ?

L'un :   - Sais pas.

L'autre :   - Peut-être pour le beurre.

Gargotier :   - De toute façon, qu'est ce ça peut te foutre, la grognasse !?
On y envoyait pas les gonzesses, à la guerre !

Femme :   - Mais, on a fait mourir tous ces gens, on a détruit toutes ces vies pour rien !

L'un :   - Sans doute !, sinon le beurre, pour certains.

Silence.

Subtil :   - Oui, autrement dit : « Raison d'état ! »

Silence.

Femme :   - Et ça veut dire quoi, « Raison d'état » ?

Subtil :   - Vaste programme !

Silence.

L'un :   - Enfin, avec cette base, au moins on aura pu expérimenter des armes encore plus terribles et atroces, pour mieux les connaître.

L'autre :   - C'est le seul ... bon point... si j'ose dire.

Silence.

L'un :   - Puis, il fallait bien les expérimenter, pendant toutes ces années, ces gaz, …, pour la recherche.

L'autre :   - Euh, tu me diras, j'ai un voisin qu'il est tellement con que j'aimerais bien expérimenter ..., euh, ..., bon, ..., j'ai rien dit !

L'un :   - Ehh ! La princesse ! Vous avez vu, pour la princesse ?

L'autre :   - Quoi, la princesse ?
Qu'est ce qu'y a, la princesse ?

Gargotier :   - C'est vrai, ça !
Y en a marre, de la princesse !
On nous a parlé que de ça pendant des semaines
entières, des mois entiers, ça va quand même pas
continuer, non !

L'un :   - Ouais, dite !
C'est pas fini, cette histoire !
Y lâchent pas l'morceau !
Y a un bail qu'elle est morte, et y cherchent
encore !

Gargotier :   - Ben, j'vais vous en sortir une bonne !
Ouais, concernant la princesse, j'vais vous dire,
Sincèrement,
Avec la classe A j'peux vous garantir qu'il vaut
mieux être accompagné d'une gonzesse qui
s'appelle Mercédès et rouler en Diane que d'être
avec une nana qui s'appelle Diane et rouler en
Mercédès !

Silence.

L'autre :   - Dites ! Y cherchent quoi ?

L'un : - Y cherchent encore les coupables.

L'une : - Ben, c'est l'chauffeur ! L'était bourré !

Gargotier : - Oh, eh, oh !
On est soixante millions de français, on est cinquante-cinq millions de français bourrés, pourtant on est quand même pas des assassins, hein !

L'autre : - Ouais, puis tu sais, on fait dire ce qu'on veut, par les médias !

L'une : - Quoi que, t'as peut être raison !
Le coup du chauffeur amnésique après 'accident qui retrouve la mémoire au fur et mesure des besoins de l'enquête, c'est pas mal, ça aussi, tu vois !

Gargotier : - Ouais ! Puis, y z'ont d'la chance !

L'une : - Pourquoi ?

Gargotier : - Il se rappelle juste de ce qui aurait dû arriver pour arranger tout le monde !
Un vrai coup d'bol !

L'un :   - Non, mais, y vont convoquer tous ceux qui ont une voiture qui pourrait peut-être être la même que celle qu'on présume, éventuellement peut-être, pour l'accident.

L'autre :   - Qu'est ce tu dis, toi ?
Ça va pas, non !?

L'un :   - C'est écrit là !
Des mois qu'y z'y travaillent !

L'autre :   - Tu te fais piquer ta bagnole, y z'en ont rien à foutre ! Mais là ...!

L'un :   Ah ! J'ai compris !
J'vais dire à ma femme, dès qu'on lui pique sa bagnole elle change de prénom, elle s'appelle Diane, elle va pas aller en tôle, elle va passer par la case départ et elle va toucher 20 000 balles de , .., enfin, ..., bon, ...

L'un :   - Y z'ont tout passé au peigne fin, au microscope, le vrai, microscope !
Celui qu'on voit dans les vrais laboratoires, à la t élé ! Génial, non ? !

Subtil :   - Et, z'avez pas une idée de combien ça a pu coûter tout ça ?

L'un :   - On s'en fou !
L'important c'est que la justice soit respectée !
La même pour tout le monde !
C'est la démocratie !

L'une :   - Il a raison !
Égalité pour tous devant la justice !

Subtil :   - Et si ça avait été ta fille, ou celle d'un
monteur chez Renault qui visse des boulons toute
la journée et que personne connaît …
Tu crois qu'on en aurait fait autant ?
…
Et c'est pas fini !
Tu verras les anniversaires, puis un jour il y aura
son nom sur les rues, les squares, ..., peut être
même qu'on rebaptisera le pont, ..., qui l'a tué ! ...
Et j'y ai jamais vu de noms de prolétaires, moi,
sur ces trucs !
Pourtant il en meurt un toute les heures, ..., sur les
routes, en France !

Silence.

L'un :   - Sûr qu'on en aurait même pas parlé, si
ç'avait été ta fille.
Puis, là, je sais pas ce que ça a pu coûter, mais à
force de dire qu'ils n'exploiteraient pas
l'événement à des fins médiatiques, pour gagner

des sous, je me demande qu'elle fortune ça a bien
pu rapporter aux journaux !
Je suis sûr qu'ils en ont vendu du coup encore
beaucoup plus que s'ils en avaient parlé, du
moins, comme d'habitude !

L'autre :   - C'est pas con, ça, c'que tu dis là !

Silence.

Gargotier :   - Ouais, Subtil !
       Dis-nous ! Combien ça a pu coûter, tout ça.
       Je te le demande !
       Parce que c'est encore mes impôts, qui payent !

Subtil :   - Entre tout, ..., des millions, sans doute.

Gargotier :   - Ouais !
       Des millions qui viennent de mes impôts !

Poivrot :   - Arrête !
       Tu payes pas d'impôt, toi, t'arrête pas d'arnaquer
       l'état !

Gargotier :   - Ouais, mais je parle pour les autres.
       J'ai le sens, moi.
       Le sens du respect des gens qui payent !
       ... À ma place !
       ... Merci à tous !
       D'ailleurs, là, c'est que justice.

Poivrot :   - Pourquoi ?

Gargotier :   - C'est vrai qu'j'en paye pas, mais si j'en
                  payais, ça m'intéressait quand même pas.
                       Tu trouverais juste qu'on me fasse payer
                  pour quelque chose qui m'intéresse pas !?
                  Quelque chose que je veux pas !?
                  Que je veux surtout, pas acheter !?
                  Puis personne m'a demandé mon avis !
                  Personne m'a demandé si ça m'intéressait, la mort
                  d'une anglaise !
                  Et son mari, son Jule plutôt, qui était Egyptien !

L'autre :   - Ouais, mais il était arabe !
                  Un arabe qui se tape une Anglaise !
                  Doit bien y avoir des conventions internationales
                  dans ce genre de cas.
                  Maintenant qu'ils font partie de l'Union
                  Européenne, les anglais.

Fada :   -N'oublie pas le Brexit !

L'une :   - Peut-être que la différence c'est qu'elle
                  était princesse et lui, milliardaire !
                  Aucun ne vissait des boulons chez Renault.

Gargotier :   - Pour une fois, c'est pas con c'que tu dis,
                  la grognasse !

L'un :   - Un arabe qui va chez les anglais, …, il
                  est pas dans la merde !

Poivrot :   - Il ira plus, maintenant !

L'autre :   - Il s'appelait Arold !

Gargotier :   - Et alors, l'était arabe quand même !

L'un :   - Non, mais écoute, arrête !

Gargotier :   - J'te dis qu'c'est un arabe !

L'un :   - T'as déjà vu un arabe égyptien qui
s'appelle Arold ? Hein, bon !

Subtil :   Je tiens à préciser que les égyptiens ne
sont pas des arabes.
Juste des musulmans.
Et par un accident de l'histoire.
Contraints et forcés, par les arabes !
Les vrais !

Gargotier :   - Euh, ..., et, …, tu vois un' différence ?
Puis faut pas m'fair' chier avec ça !
Moi j'bosse, en France, et on me pompe mon
pognon pour la mort d'une Anglaise et d'un Arabe
qu'était même pas Arabe !
…
Et puis, même si c'était un Arabe Egyptien
Français musulman milliardaire, ET qui s'appelait
Arold, c'est pareil !
…
Ca fait beaucoup !

Ca fait trop, même !
C'est l'argent du Trésor Public FRANÇAIS !
Le fric des français !
…
Non ! Ca suffit !
…
La France aux français !
…
Et le Trésor aussi !, …, puisqu'il est public.
Merde !
…
Et ça, ..., c'est pas inique, ça ? !

L'un :   - Tiens, là aussi, ils reparlent des trente
cinq heures ! « Bilan sur les trente-cinq heures ».
C'est écrit là !

L'autre :   - Ben, on dirait que ça t'attriste.

L'une :   - Travailler moins, et gagner plus !
Le rêve, quoi !

L'un :   - Tu parles !

L'autre :   - Ben, j'te comprends pas !
Et puis, y font ça pour donner du travail à ceux
qui en ont pas.

L'un :   - Y donnent bien c'qu'y veulent !

L'autre :   - Aussi sûr qu'y sont iniques !

L'une :   - Ça s'appelle le partage !
          Le partage du temps de travail !

Gargotier :   - Et tu crois qu'ça a changé qu'qu'chos' !?

Fada :   - Sait pas, mais ça, c'est pas inique, ça !?

L'une :   - Toujours que tant qu'on aura pas assez
          essayé, on en saura rien !

Gargotier :   - Mais non ! Ça a rien changé !
          Tous des feignants !
          Est ce que je compte mes heures, moi, dans mon
          bistrot, à moi !?

   L'une :   - Et tu gagnes combien, toi, dans ton
          bistrot, à toi ?
          Parce que ça fait des années que tu nous dis qu'il
          est à « TOI », « TON » bistrot !
          Au moins, on sait que t'es pas locataire !

Silence.

L'un :   - De toute façon, on s'en fout !

Gargotier :   - Comment ça, on s'en fou !?
          Y m'cherch', ç'ui là !
          Comment ça on s'en fou !?
          J'travaill' pas pour la gloire, moi !

L'un :   - Mais non !
J'voulais juste dire que pour partager, on vole pas
aux autres ce qu'ils ont.

Gargotier :   - Pourquoi ? Tu m'accuses de voler ?
Non, mais où il va, lui !? ...
À par le fisc, j' vole personne, moi !

L'un :   - Non, non !
Je veux juste dire que pour partager on vole pas
aux autres ce qu'ils ont, leur temps de travail.

L'autre :   - Mais, tu gagneras autant !

L'un :   - J'm'en fou, du maintien du salaire !
Je suis vendeur, je gagne bien, et plus je bosse,
plus je gagne !
Et avec tout ce travail je vis à l'aise, peinard, moi !

Subtil :   - Y a rien qui te gêne dans ce que tu dis ?

L'un :   - C'qui m'gène surtout c'est de pouvoir en
parler.

Silence.

Subtil :   - T'as pensé aux sans-abris, aux S.D.F.,
aux exclus perdus parc'qu'ils ont rien, et qu'avec
rien on arrive à rien ! ?

L'un :   - Ben, c'est pas ma faute, à moi, hein !

Subtil :   - Ils vivent dans la misère, la pauvreté, la
peur du lendemain, peur pour leurs enfants, les
soucis, toujours, et jamais de repos !
... T'y a pensé !?

L'un :   - Ben, oui, mais qu'est ce que j'y peux,
moi !?
J'vais quand même pas ouvrir un asile chez moi,
..., ou ici !
La nuit, quand c'est fermé, on y foutra tous les
S.D.F. et tous les déshérités de la terre ?!
Et il deviendrait quoi, ce troquet ?
Une gargote ? ...
Quoi, que, ...

Gargotier :   - Qu'est ce t'as à dire, toi, sur mon troquet
à moi ?

L'un :   - Non, rien ! C'était juste pour dire !

Subtil :   - Eh ! Pour arranger un peut les choses,
faudrait peut-être accepter le partage du temps de
travail, même s'il effleure un brin ton super
confort de vie !

Silence.

L'un : - Tu dis, mon super confort de vie !?
Et alors, dis !
C'est pas parce que je bouffe de la rillette pur porc
que je suis un bourgeois !
On a pas les mêmes valeurs, c'est tout !

L'autre : - Toi, t'as vu ça dans une pub !

Gargotier : - Qu'est ce ça peut t'foutre !

Fada : - Eh, les gars, les travelos se mettent en
grève pour demander des améliorations de leurs
conditions de travail !
... Et des augmentations de salaire !

Femme : - Y veulent quoi ?

L'autre : - Sans doute une amélioration du confort
des trottoirs !
Et des parcmètres à manivelle pour compter les
coups avant la facture !

L'un : - Ah, les travelos !
Y sont jamais à court d'arguments.
Eux, y sont pas qu'iniques ! ... Y niquent aussi !
... Par derrière.

L'autre se penche sur le journal puis s'adresse sèchement
à Fada.

L'autre :   - Mais non, connard !
        Apprends à lire !
        Y a pas écrit travelos !, y a écrit traminots !
        Tu sais pas c'que c'est, les traminots !?

Fada :   - Non, ..., pourquoi ?

ACTE VIII   INTÉGRATION

Descarte les écoute commenter le journal depuis la table
voisine.

Poivrot :   - Eh, Descarte !
          Je t'ai jamais vu lire les nouvelles.
          Tu lis pas l'journal, toi ?

Descarte :   - Non.
          Tu sais, l'info importante, celle qui me touche
          vraiment, je l'ai en direct tous les jours

Poivrot :   - Euh, ..., qu'est c'que tu veux dire par là ?

Descarte :   - Tu la sais dans la rue, l'information
          importante.

Poivrot :   - Dans la rue !? Tu sais quoi, dans la rue ?
          On a placardé le journal sur les murs de ta rue ?
          Y a un commentateur en direct, dans tes rues,
          avec hygiaphone et tambour ?

Descarte :   - Presque ! Y a le téléphone arabe !
          Simplement en sortant de chez soi.

Gargotier :   - L'téléphone public, dans la rue, en
          sortant de chez moi, l'est FRANÇAIS !
          Dessus c'est marqué « FRANCE Télécom" ! ».
          Et dedans, on parle en français !

Descarte :   - Dans la rue, ou ailleurs, les gens qu'on croise parlent de ce qui les touche, de ce qui est vraiment important pour tout un chacun.
La vie des riches qui se foutent bien de moi, comme de toi, et qui ne partageront jamais rien, je m'en tape un peu, moi, comme de ceux qui vivent par procuration à travers une information à sensation qui ne les épanouira jamais en ne leur donnant que des joies superficielles et illusoires.
Ah !, le sensationnel …

Gargotier :   - Attention, là tu me fais penser à Épilog.

Femme :   - Bien sûr !

Gargotier :   - Quoi, « Bien sûr ! » ?!

Femme :   - Il a raison.
D'ailleurs, si les riches voulaient donner, partager une partie de ce qu'ils gagnent avec ceux qui en gagnent immensément moins alors qu'ils les enrichissent, y'aurait plus rien à dire, plus rien de sensationnel, puisqu'ils ne seraient plus riches !

Silence.

Poivrot :   -J'ai pas compris ton addition !
Vraiment pas !

Descarte :　　　- Et ben t'as qu'à aller à l'école !
Elle est obligatoire jusqu'à seize ans, en France.

Poivrot :　　　- Bon ! Eh !
Mais, l'info qui te touche, c'est quoi ?

Descarte :　　　- Tu sais, quand t'as l'travail et la santé, t'es
surtout touché par ceux qui te ressemblent.

Femme :　　　- Qu'est ce tu veux dire ?

Descarte :　　　- Aujourd'hui, ce qui m'intéresse surtout,
c'est l'intégration de mes compatriotes qui vivent
et travaillent en France depuis longtemps, et qu'on
prend toujours pour des étrangers.

Poivrot :　　　- Mais, ils le sont.
La preuve, tu précises : « Mes compatriotes ! »

Descarte :　　　- Ben oui, ils sont tunisiens, mais tunisiens
français !

Poivrot :　　　- Qu'est ce que tu veux dire ?

Descarte :　　　- Ce sont des arabes français !

Silence.

Poivrot : - Puis, y a le problème de la culture !
Faut connaître la culture d'un pays pour y vivre en
s'y intégrant.

Subtil : - Enfin, de toute façon, ils n'ont souvent
même pas les bases de leur propre culture à eux.

Gargotier : - J'en connais d'autres, …, comme ça.

Poivrot : - Par exemple, Subtil.

Subtil : - L'autre jour j'ai demandé à l'un d'eux
pourquoi il faisait le Ramadan et il m'a répondu :
« Parce que je dois le faire ! », et il n'avait aucune
autre raison.

Descarte : - C'est vrai !
La plupart ne savent même pas que c'est une
façon pour les riches de connaître pendant un
mois un peu ce que ressentent les pauvres qui
n'ont pas de quoi vivre, de quoi manger, mais
c'est aussi une période très importante de partage
et de rapprochement.

Poivrot : - Puis je suis sûr qu'il est pas plus écrit
dans le Coran de faire la guerre et des atrocité au
nom de Dieu !, enfin, …, d'Allah !

Femme : - Pas plus que ne sont écrites dans la bible
les horreurs des croisades !, entre autres, tant
d'autres.

Descarte :   - De toute façon, les guerres de religion, c'est un non sens !
La religion, c'est pour la paix et l'Amour !
On devrait plutôt parler de guerre faussement au nom des religions, de manipulation des ignorants.
On devrait aussi se demander à qui profitent ces horreurs.

Poivrot :   - Peut-être à ceux qui y trouvent leur beurre.

Femme :   - Parlons-en, de la paix et l'Amour, quand même l'église se repend de sa participation dans les atrocités nazies de la dernière grande guerre !

Poivrot :   - Ouais, mais ça compte plus maintenant, puisqu'elle s'est repentie !
... Elle s'est pardonnée !

Silence.

Subtil :   - Tu t'rappelles !?
La chanson quand on était gamins !?
« Si tu mens, tu vas en enfer ! Si machin, di da di, di da da ! ... »
À la fin ça doit dire « Et si tu te repends on annule tout et t'iras au paradis ».
Ben c'est pareil, l'église !

Femme :   - Oui, c'est pas comme les étrangers en
           France !

Descarte :   - Qu'est ce que tu veux dire ?

Femme :   - Ben, eux, ils se sont sûrement repentis
           d'être venus quand on les a appelés au secours
           parce qu'on en avait besoin, mais ça n'a rien
           annulé, parce que, maintenant, pour les
           régulariser et donner des droits légitimes ...

Gargotier :   - Eh !, attends ! Eh !
           On les a régularisés, hein, ceux d'chez Renault !
           … Par exemple, …
           Y z'ont toujours travaillé douze heures par jour,
           hein !
           Et toujours payées huit !
           Régularisés dans la régularité !
           Rien ne bouge !, rien n'a changé, depuis le début !
           Alors, si c'est pas régulier, ça ! Immuable, même !
           Et c'est pas prêt de changer !
           Régularité ABSOLUE !
           Puis les hausses de salaire ...

Descarte :   - Y en a qui attendent depuis plus de vingt
           ans d'être régularisés !

Gargotier :   - Et alors ?!

Tu joues sur les mots !

Et puis, devenir français c'est un peu comme le grand amour, hein !

Le grand amour tu peux bien l'attendre vingt ans, même plus !

Puis des fois il vient jamais !

Descarte :   - Oui ! C'est vrai ça ! ... Pour le grand amour ! ... Quand je vois avec qui t'es marié …

Gargotier :   - Eh, c'est quoi, ça ...

Descarte :   - Rien, c'est rien !

Mais y en a que depuis vingt ans ils n'ont pas le droit de travailler, pas le droit d'être là, pas de droit tout court, mais ils doivent quand même travailler comme on sait, et quand même payer des impôts !

Ça, c'est formidable, non ?!

LE FISC prend l'argent en disant que c'est illégal !

Silence.

L'un :   - Eh ! Comment ça ?!

Si t'as pas le droit de travailler tu travailles pas.

Si tu travailles pas tu peux pas payer des impôts !

Descarte :   - Et pourtant ils payent, et ils enrichissent
… certaines personnes.
Voila bien encore une immense hypocrisie.

Gargotier :   - C'est normal qu'ils payent !
Quand tu vis ici, tu payes ici !
Même moi qui suis d'ici et qui arnaque le fisc, je
dois payer quand même !

L'un :   - Et tu payes quoi, toi ?

Gargotier :   - Eh, les taxes indirectes, t'as un truc, toi,
pour y échapper ?
C'est comme quand tu vas pisser, ..., dans mon
bistrot, à moi, ..., tu dois mettre cinq balles, sinon
tu pisses pas !
Mais j'te donne quand même à boire
... Si tu payes !
Et quand tu payes, tu m'enrichis.
C'est la loi de la nature, tu peux rien y changer :
Y a ceux qui payent et ceux qui s'enrichissent.

ACTE IX   POLITIQUES

Entrent deux femmes qui discutent entre elles.

L'une :   - Putain, j'sais pas toi, mais moi y a un
                 brave moment qu'j'ai plus baisé avec mon mari !

L'autre :   - Tiens-toi bien, moi mon Jule, y a cinq
                 ans qu'on est ensemble, et j'suis toujours vierge !

L'une :   - Allez, n'importe quoi !
                 C'est pas possible ! Tu t'appelles pas Marie !

L'autre :   - Eh, c'est un peu comme si.
                 C'est un homme politique.

L'une :   -Et alors !? Ils baisent bien comme les
                 autres, non ?!

L'autre :   - Et alors, ... , tu sais bien comment ça se
                 passe avec eux, les politiques …
                 Des promesses, des promesses, toujours des
                 promesses ...

ACTE X TURFISTES

Deux hommes arrivent et s'assoient à une table.

L'un attrape sur la table d'à coté le journal laissé libre et l'ouvre immédiatement à la page du tiercé.

L'un :   - Fait voir un peu !

L'autre :   - C'est un trot attelé.

L'un :   - Oui. Que des femelles. Ça va y'aller, les surprises !

L'autre :   - Ah, ça se met à la faute pour un rien.

L'autre :   - Bon, qu'est ce que t'en penses ?

L'un :   - Que si je gagnais, ...

L'autre :   - Si tu gagnais, ..., quoi ?

L'un :   - Si je gagnais le quinté, ça pourrait faire tellement d'argent, ..., plus que j'en ai jamais eu !
J'sais même pas …
Je serais sûrement presque emmerdé avec tout ce fric !
On m'a pas appris, à moi, à en avoir autant, alors quand t'as pas l'habitude …

L'autre rit.

L'autre :   - Va, si un jour t'es emmerdé pour ça,
viens me voir !
C'est là qu'on reconnaît les copains.

Gargotier :   - Eh, les gars, à force de parler, z'avez pas
soif, un peu ?

Ils ne lui prêtent aucune attention et continuent de parler
entre eux avec une ferveur croissante.

L'un :   - Eh, attends !
Retirons vingt cinq mètres.
Ceux qui sont les mieux engagés rendent tous
vingt-cinq mètres.
…
Et là ! Regarde !
A la limite du recul !
Monsieur, faut apprendre.
Quand on joue aux courses, c'est quand même pas
le loto hein !
Faudrait quand même pas confondre les joueurs
de loto et les gens qui jouent au tiercé quarté
quinté !

Gargotier :   - Pourquoi ?

L'un :   - Parce que, quand tu mets cent balles sur
un bourrin, tu vis !
C'est extraordinaire !
Tu le vois dans la ligne d'en face !
Il est là ! Il est beau ! Il est merveilleux !
Et il remonte !
T'as ton pognon dessus !
Dans l'dernier tournant il est sixième !
Alors là ça commence à devenir l'apothéose.
Quand il rentre dans la ligne droite tu sens qu'il a
du gaz, et là, j'vais te dire une chose, ..., c'est
l'extase !

L'autre :   - Ouais, mais ça peut être l'agonie aussi !

L'un :   - Porte pas la poisse !
J'te dis qu'c'est l'extase !
L'est à deux cent mètres !
Tu l'vois démarrer !
Il prend deux sulkys !
Il passe le poteau !!!

L'autre :   - Et ouais, mais il peut s'mettre au galop
T'as vu, maintenant !
Avec le poteau rouge à trois cent mètres de
l'arrivée, un pas, un qui est pas l'trot, et on te
distance !

L'un :   - Putain ! Mais ça t'plait d'porter la poisse !
Non, c'est ça, jouer aux courses !
C'est savoir flamber avec la vie !
C'est savoir flamber tout court !

T'as même pas la classe !
Tu sais, c'que j'ai envie d'te dire ?!
Devrait t'interdire de jouer aux courses !

Gargotier :   - Eh, les gars, à force de parler, avec ton
laïus sur les courses, z'avez pas soif, là, un peu !?

On sent l'un agacé.

L'un :   - Ah ! C'est pas vrai !?

Gargotier :   - Allez ! J'vais jouer dix balles avec vous !

L'un :   - On a pas b'soin de toi !
Un étranger avec des bourrins, t'es sûr qu'on s'ra
pas là !

Gargotier :   - Euh ! Ca veut dire quoi ?

L'un :   - Ca veut dire que ta clientèle c'est le loto !
Le loto sportif !
Ça n'a rien à voir avec le tiercé.
Tu vas quand même pas venir dans l'clan !?

Gargotier :   - Toujours que si un jour votre tiercé
remplit vos poches, on peu pas dire qu'il aura
alimenté ma caisse !

L'un :   - Oh, Gargotier, laisse nous réfléchir, on se
concentre, là !

Gargotier : - Ouais, vous vous concentrez, mais avec des gars comm' vous bientôt je ferme boutique !

L'un : - On cause bourrins, on cause chevaux, on cause pas humain, nous !

Gargotier : - Et vous buvez jamais !?

L'autre : - Pourquoi ?, c'est obligé ?

Gargotier : - Ouais !
Normalement j'ai que les W.-C. et l'verr' d'eau à donner gratuit !
Mais j'leur dis non ! ... quand ils osent le demander !
J'les repère sur leur gueule, moi, ceux qui veulent pisser gratuit et qui m'demandent un verre d'eau !
Puis en plus, maintenant y a du plomb, dans la flotte !
Surtout dans le mienne !
J'leur dis, maint'nant ! C'était marqué dans l'journal !
Le plomb c'est très dangereux !
Question de santé publique !
Et pour eux, y a plein d'plomb dans mon eau !
Pas dans mon picrate !
Alors z'ont qu'à v'nir en boire ici!
Du picrate, pas d'l'eau !
Du picrate sans plomb, du picrate bien rouge et qui tache !
Du bon liquide, quoi !
Et c'l'liquide, après, j'lencaiss', au moins, moi !

Et en plus, pour l'mêm' prix, j'aide mes
concitoyens, comme ça, moi !
... Et mon chiffre d'affaire !
…
... Voulez toujours rien boire !?
... Y'a pas marqué « P.M.U. » ici !

L'autre :   - Allez, va, envoie deux cafés !

Gargotier :   - Eh ! Chez moi c'est pas Mac Donald's !
L'café, à dix heures c'est terminé !

L'autre :   - Eh dit donc ! On est l'matin !

Gargotier :   - Enfin, z'allez pas vous ruiner, mais
j'préfér' ça.

Les deux hommes reprennent leur dialogue.

L'un :   - Bon, allez, va, faut pas rêver.
Qu'est ce qu'on fait ?
On ajoute le sept et le onze.
Impossible d'pas les mettre ! Incontournables !

L'autre :   - On aurait encore l'air con d'en avoir
quatre et toucher des peccadilles, hein !
On est les rois du bonus !
Non, mais, t'imagine !
Faudrait emprunter à la banque pour pouvoir aller
encaisser !

L'un est dubitatif.

L'un :   - Mouais !
Y a que des pur-sang arabes qui courent.
Bon, alors avec le deux, l'as et le quinze, peut être
demain t'es dans la merde !

L'autre :   - Allez. Ca marche !

Ils remplissent la grille de jeu puis l'un lève le bras.

L'un :   - Gargotier !

Gargotier :   - Oui !

L'un :   - Je te dois ?

Gargotier :   - Quatre, s'iou plaît !

L'un :   - Putain, ton café, l'a augmenté !
Tu l'prends où ?!

Gargotier :   - C'est du pur arabica !
J'ai l'respect du client, moi ! Du PUR ARABICA !

L'un :   - Toujours qu'on le sent pas !
Sans jeu d'mots !
Bientôt c'est plus cher que l'tiercé, mais là on
risque pas d'gagner quoi qu'ce soit, avec ton pur-
sang arabica !

Gargotier :   - Si ! ... Mon amitié !

L'un :   - Ah, ..., bon.

L'autre sort sa monnaie, compte, la met sur la table.

Ils se lèvent et celui qui a posé la monnaie s'adresse à Gargotier en partant.

L'autre :   - Y a l'compte !

Gargotier :   - Surtout pensez pas au pourboire !

L'autre :   - Eh ! T'as pas d'employés !
On va quand même pas engraisser l'patron, tout d'même !

Ils sortent. Poivrot s'avance vers Gargotier.

Poivrot :   - Et voilà !
Ils ont au moins gagné le droit de rêver.

Gargotier :   - Ouais, ben moi je rév' de clients qu'ont soif !

Subtil :   - Ah, c'est vrai !
Je t'imagine la nuit.
Comptant les bouteilles vides pour t'endormir.
Les recomptant.
Avec un litron sur la table de chevet.
Et tu dois entendre : « glou glou glou glou glou »
Et tu dois entendre ça toute la nuit, Gargotier.
…
J'me mets à ta place.

T'en attrapes le mal de mer.
T'as des malaises, j'suis sûr.
T'as d'la tension l'matin.
Tu dois être à vingt deux en te disant « Ils vont
picoler ! »
Ils vont venir et ils vont boire !
…
J'te plains !
Je te plains.
Oh oui.
J'te plains !

Gargotier :   - Tu me plains, …, tu m'plais, ouais, …,
                mais c'est pas toi qu'a les dettes à la fin du mois !

Subtil :   - Les dettes. C'est vrai !
                Les problèmes !
                Bobonne à surveiller !
                ...,Euh, ..., au fait, …, entre parenthèses, ..., ta
                bobonne, elle t'a refait des infidélités, là, depuis
                quelques temps, non ?!

Gargotier :   - Ça t'regarde pas !
                Toujours qu'je rêve de clients qu'ont soif !

Poivrot :   - Enfin, l'autre avait peut'êt' pas tord !

Gargotier :   - Qu'est ce tu veux dire ?

Poivrot :   - Si on était riches, tout d'un coup, qu'est
                ce qu'on ferait ?

Fada :   - Ouais ben moi, j'serais pas emmerdé !

Poivrot :   - On est plein de certitudes, mais on en a
                vu pas mal qui ont gagné au loto et qui se sont
                ruinés, pire qu'avant !

Fada :   - Eh, c'est tous des cons !
                Donnez l'moi l'pognon et vous verrez !
                Mais ça, risquent pas d'me donner que'qu'chos' !
                ... Tous ces cons ... ceux qu'ont l'pognon !

Subtil :   - Y a bien deux mondes, ..., et on apprend
                à vivre que dans un !
                Puis, changer de monde, ..., c'est très dur !
                ... Et risqué !

Fada :   - Ouais, ben donne moi l'fric, si c'est
                risqué pour toi ! Sûr qu'tu l'verras plus !
                Aucun risque !

Épilog :   - Quoi qu'on en pense, ...

Poivrot le coupe de suite.

Poivrot :   - Non, non, non !, Épilog !
                Abstiens-toi de penser ! C'est fatiguant !
                Ça ira comme ça !

Épilog :   - Quoi que je cesse de suite, il me semble
                supputer de manière certaine un certain refus de
                mon ...

Poivrot, d'un ton très sec.

Poivrot :   - Évite de supputer !
C'est mauvais pour la santé !
Tout va bien !
Bois un coup, ne suppute pas, ..., et tais toi !

Épilog :   - J'veux bien boire, mais j'ai pas un rond
sur moi.

Poivrot :   - Ben, ..., alors bois pas !

ACTE XI   L'ÉGALITÉ

Entrent deux femmes qui viennent s'asseoir à une table
en discutant.

L'une :   - Alors, explique-moi !

L'autre :   - J'ai largué mon mec !

L'une :   - C'est pas vrai ?!

L'autre :   - Si ! Y m'a gonflée ! Alors j'lai largué.

L'une :   - T'as fais ça !?

L'autre :   - Sûr qu'je l'ai fait !
          Et ça a pas fait un pli !
          Même qu'il s'est tiré tout seul !
          ... J'ai mêm' pas eu besoin de lui parler !

L'une :   - Ben, ..., il est pas trop con, alors !

Silence.

L'autre reprend.

L'autre :   - Non, mais !
C'est pas les mecs qui vont toujours commander,
hein !
Maintenant qu'c'est l'égalité des sexes, c'est nous
qu'on va commander !

Silence.

L'une :   - Ouais ! C'est vrai, ça !
Maintenant c'est nous qu'on va commander !
Comme toujours, avant, d'ailleurs.
Mais cette fois ci, on va le dire !
C'est ça, la libération de la femme !
C'est ça ..., l'égalité !
On commande toujours,
Et maintenant on peut le dire !, …, sans risque.

Silence.

L'une :   - T'as raison ! On va commander !
Oui ! C'est ça ! ...
C'est ce qu'on va dire ! ... Maintenant !
On va le dire !,... et c'est ça le vrai changement !

L'autre reprend.

L'autre :   - Non mais des fois !, pour en revenir à
mon mec, …, mon ex-mec ,
Mêm' pas eu besoin d'lui dir' !
Y s'est tiré si vite que j'ai mêm' pas pu, .., l'était
plus là !
Sais mêm' pas s'il a eu le temps de m'entendre !
C'est pas beau, ça !?

Silence.

L'une :   - Euh, ..., si !
C'est lui qui t'a plaquée, .., mais tu es formidable !
...
Tu es admirable !

L'une regarde l'autre un instant, puis :

L'une :   - Mais, qu'est ce tu as ? Tu pleures ?

L'autre :   - Oui ! je l'aime !

Silence.

L'autre :   - Oui ! Je l'aime !
... Mais j'pouvais pas fair' autrement !

L'une :   - Pourquoi ?

L'autre :   - A caus' de l'égalité, bien sûr !

L'une :   - Ah !?

L'autre s'écroule en sanglot, l'une la prend dans ses bras et elles sortent du bar.

ACTE XII   IDENTITÉ

Entrent deux jeunes, un français et un nord africain.

Français :   - Deux pastis !

Gargotier :   - Tout d'suite !

Pendant qu'il les sert ils commencent à discuter.

N.A. :   - Putain, y m'ont encor' fait chier avec les
                  contrôles !
                  Z'arrêtent pas !
                  Et comme par hasard ça tombe toujours sur les
                  beurres !

Français :   - Non !?

N.A. :   - Si !
                  Puis t'as vu comm' j'suis bâti !
                  Y s'en prennent jamais aux grands costauds, chez
                  les beurres !
                  Et pour moi, c'est pas du gâteau, hé !
                  Ils prennent toujours des p'tits beurres !
                  Eh ! Des p'tits beurres pour leur quatre-heures !

Silence.

Français :   - Qu'est ce qu'y t'voulaient, encore ?

N.A. :   - Eh, contrôle des papiers, hé !
              Parait qu'y encore eu un casse cett' nuit, hé !

Français :   - Mais t'y est pour rien, toi !

N.A. :   - Ouais ! C'est c'qu'je leur ai dit !
              Moi, comm' j'leur ai dit, je suis honnête et j'essaie
              d'm'en sortir !
              J'cherch' du boulot !

Français :   - Et y t'ont quand même emmerdé ?

N.A. :   - Eh, j'leur ai dit, pouvez m'fair' confianc' !
              Y a un flic qu'à dit « Non ! », hé !
              J'ai fais « Pourquoi ! », oh ? !
              C'est pa'c'que j'ai vingt-sept ans et six ans de
              tôles, qu'y m'font pas confianc', hé, qu'ils ont dit,
              ces cons !

Silence.

N.A. :   - Tiens, ..., j'leur ai même montré ma carte
              Pole Emploi. ! Rien à faire, hé !

Français :   - Ah, putain ! Les cons !

N.A. : - Comment tu veux y arriver si tout d'suite, sans raison, on t'fait pas confianc', hé, quand tu dis qu't'es honnête !

Français : - C'est vrai, ça !

N.A. : - Les cons, comm' j'leur ai dit, six ans de tôle, c'est rien !
C'est des erreurs de jeunesse !
Maintenant j'ai 27 ans !
À qui c'est pas arrivé, hé !?
Et le flic y m'a répondu : « A moi ! », oh !

Silence.

Français : - Ben c'est vrai, ça !
À qui c'est pas arrivé ?

N.A. : - Ah, tu vois ! Ça t'es arrivé, à toi aussi !

Français : - Non ! Pourquoi ?

Silence.

N.A. : - Et puis, l'autre jour, je suis allé chez les parents de ma femme.
J'chui allé voir sa mér', hé !
J'lui ai dit comm' ça, ta fille, maint'nant, ell' me prend la tét' !
J'te la ramén', hé !

Français :   - Comm' ça !?

N.A. :   - Eh ouais, hé ! J'lui ait dit comm' ça !
Puis y sont pas facil's ses parents !
Y'avait l'pèr' qu'écoutait derrièr' la port', hé !
L'est sorti, et l'a dit comm' ça : « On la renvoie au
bled ! Ell' va pas nous fair' chier, celle là ! »

Français :   - Et alors ?

N.A. :   - Alors, j'ai compris qu'y valait mieux pas
la laisser d'suite !

Français :   - Et t'as fait quoi ?

N.A. :   - J'l'ai gardée, pour voir.
C'est qu'j'ai un cœur, moi, hé !
On s'est expliqués, hé, et maint'nant ça va mieux,
euh !

Français :   - Putain, t'as raison qu'y sont pas
commod's ses parents !

N.A. :   - Putain non, hé ! Sont pas commodes !

Français :   - Alors ça va mieux !?

N.A. :   - Ouais ! Elle a compris !
Et qué'que part c'est bon d'avoir la femme à la
maison, hé !
J'chuis pas rétrograde, hé ! J'chuis moderne, moi !
Eh ! Où tu vas ? Hé !

Silence.

N.A. :   - Et maintenant qu'j'suis avec ell', j'ai plus
          envie de fair' des conneries, hé !

Français :   - Qu'est c'tu veux dir' ?

N.A. :   - J'veux un' vie tranquille !
          J'cherch' du boulot, mais c'est dur, j'trouv' rien !
           Et les flics y font toujours chier, hé !
          Vont m'obliger à recommencer, s'ils continuent !
          Mais, moi, j'l'comprends, lui, hé, « Mickaël
          Jackson », con !
          Y s'est fait blanc hé !
          Comm' ça on lui d'mandait plus ses papiers, oh !
          L'était pas con, lui !
          Avant, à Harlem, oh, cinquante fois par jour on
          d'vait lui demander ses papiers !Hé !
          Aprés s'est fait blanc !
          Et tranquille, lui !
          Eh ! Oh ! Eh ! Où tu vas ! Hé !

Français :   - Putain, ouais !

N.A. :   - Y vont m'obliger à recommencer s'ils
          continuent, hé ! Les flics, con ! Oh !
          C'est leur faut' si on peut pas s'en sortir !

Français :   - Ouais !

N.A. :   - Puis leur ai expliqué mais veul'nt rien comprendre ! Hé !
J'fais d'mal à personn' !
Chuis honett' , moi !
Moi, j'braquais qu'les rich's, hé !
Eux, y s'en fout'nt !
Alors je f'sais d'mal à personn'.

Français :   - Ah, ouais !
Et comment tu savais s'ils étaient riches ?

N.A. :   - Eh, putain !
Tu me prends pour un con, là ! Hé ! Con !
Je l'sais s'ils sont riches ! Hé !
Ils ont une odeur, hé, les riches !
C'est comm' nous, on dit qu'on a une odeur de mouton ! Con !
Eh ! Où tu vas, là ! ?
Eux aussi, ils ont une odeur ! Hé ! Normal ! Oh !
Chacun son odeur !
J'fais d'mal à personne, moi ! Hé !

Français :   - C'est vrai, ça !
Tu leur as expliqué, aux flics ?

N.A. :   - Ah, ouais, hé !
Bien sûr que j'leur ai expliqué que j'braquais qu'les rich's !

Français :   Et pas moyen !? Y compren'nt pas ?!

N.A. :   - Non !, con !

C'est comm' les commerçants !

Les p'tits, s'tu les braqu's, tu les mets dans la merde !

Moi, j'braquais qu'les gros !

Français :   - Ah, bon !? Les gros, heu, les obèses ?

N.A. :   - Eh non, hé ! J'les baise pas, oh !

Ah non ! Con !

Les gros commerces ! Les supermarchés, hé !

Eux y s'en fout'nt ! Eux ! Hé !

Français :   - Putain, et les flics y peuv'nt pas comprendre ça ?

N.A. :   - Non ! Rien à fair' !

Quand tu leur dis qu'tu braqu' qu'les gros, ils s'énervent encore plus, hé !

Comm' s'ils préféraient encore que j'braque les petits, ces cons.

Les p'tits, tu les fous dans la merde, si tu les braques !

Eh !, où tu vas, hé !

Français :   - Putain ! C'est vrai, ça.

C'est vraiment des cons !

N.A. :   - Puis moi faut plus qu'je déconne, hé !

Y m'surveillent de prés, hé !

À la premièr' connerie y m'renvoient au bled !

J'le sais, hé ! Y m'l'ont dit !

Français :   - Ah, hé, oh, là ! Là faut pas déconner !

N.A. :   - Ah, putain non, hé !
C'est vraiment mal fait le systèm' en France !
Quand t'as réussi à rentrer et qu'tu veux t'en sortir,
si y a personn' de solid' pour t'aider, tu peux pas y
arriver, hé !
Et ils veulent te sortir pour plus pouvoir rentrer !
Hé !
C'est vraiment un systém' de merde, la Franc', hé !
Ça t'dégouterais d'y rester !

Français :   - Ouais ! Mais faut pas déconner, hein, si
tu veux pas retourner au bled !

N.A. :   - Putain non ! con !
Risque pas, hé !
J'veux rester ici, moi !
Pour ça, j'chuis français autant qu'toi, hé !

Français :   - Ah, hé, ouais, ouais, ouais !
Mais t'es arabe quand même !

N.A. :   - Ouais, mais un arabe français !
Comm' toi.
J'leur ai dit, aux flics, quand y m'ont parlé
du bled

Silence.

Français :   - Putains de flics ! Vraiment des caves !

N.A. :   - Ah, ça ouais, hé !
Oh, hé, eh, oh, hé, hé, hé, hé, hé, hé, ...

Français :   - Stop !

N.A. :   - Ouais !
Putain hé, en v'la un qu'arriv'!
Allez, va, hé !
Laiss' la monnaie, on s'arrach', hé !
Regarde !
Y va app'ler les autres flics, là, le flic, hé !
J'le connais, hé ! J'chuis déjà venu, hé !
Et y m'en veux, en plus, le flic, là, c'est une
teigne, hé !
Y peux pas voir les blancs arabes, lui !

Français :   - Et pourquoi tu dis ça ?

N.A. :   - Pa'c'que chaque fois qu'il vient ici boire
avec un pote, il dit « deux blancs ! »
Eh, ..., il dit jamais « un blanc ET un beurre ! »

Français :   - Ah, ouais, enfin, c'est pas grave !

Français pose l'argent sur la table et ils sortent
rapidement.

Un policier entre dans le bar.

Policier :   - Gargotier, un coca, s'il vous plaît !

Gargotier le sert.

Gargotier :   - Alors, en service ?

Policier :   - Oui ! Tout va bien ici ?

Gargotier :   - Tout va bien !

Policier :   - Alors je continue !

Il finit son verre, pose la monnaie sur la table et part.

Poivrot :   - T'as entendu le jeune, là ?

Gargotier :   - Ouais !

Poivrot :   - On a quand même pas fait six ans de tôle
                 à vingt sept ans par hasard !

Fada :   - Mais il a dit que c'était une erreur de
                 jeunesse, comme tout le monde !

Poivrot :   - Et toi t'as fait six ans de tôle, toi, pour
                 une erreur de jeunesse ?

Fada :   - Non, mais c'est différent.
                 Et puis, puisqu'il l'a dit !

Poivrot :   - Et pourquoi ?
Pourquoi ce s'rait différent pour toi ?

Fada :   - Parc'que je suis pas comme tout le monde, moi !
Tu me le dis tous les jours !
Que j'suis pas comm' toi, moi !

Poivrot :   - Heureusement pour tout le monde !
Mais c'est pas le problème.

Épilog, spontanément.

Épilog :   - Oui, mais ...

Poivrot le coupe tout aussi spontanément.

Poivrot :   - Y a pas de mais qui tienne !

ACTE XIII   LINGUISTIQUE

Entrent deux jeunes. L'un d'eux s'adresse à Gargotier.

Un jeune :   - Deux fœtus !

Ils parlent entre eux pendant que Gargotier les sert.

L'un :   - Sa race, hier en cour Michel y me tague
la face !
Alors je lui balance ses affaires en l'air et le prof y
m'a fait virer pour une semaine !

L'autre :   - Carrément !?

L'un :   - Putain ouais !
Quand j'y ai expliqué, euh, que Michel y me
taguait la face, euh, l'a même pas compris, euh !
Y m'a dis, euh : « Qu'est ce que c'est ça ?!
Vous pouvez pas parler français !? »

L'autre :   - Mais tu parles bien français, aussi bien
que lui ! Toi !

L'un :   - Ouais, mais le prof, il est prof, lui !
Faut qu'y montre qu'il est le plus fort, ce con !
Y m'a dis, euh « Qu'est ce que c'est ça, euh,
« Tague la face » » ?
Putain, alors j'y ai montré tous mes graphes, euh,
que je fais en cours !
J'les garde tous puis je les mets dans un classeur !

L'autre :   - Tu dois en avoir un paquet !

L'un :   - À ça ouais !
Mais putain, y m'a dit, euh « C'est ça que tu fais
en cours ! Des tags ! »
J'ai dit « Non, des graphes !, c'est pas pareil ».
Y m'a dit « Tu vas pas m'apprendre le français,
toi ! »
Puis : « Attends, tu vas voir à la récrée ! Tu
viendras avec moi chez le directeur ! »
Et ce con y m'a viré pour une semaine !
Et je peux même pas rentrer chez moi, euh, si
mon père le savait ...

L'autre :   - Putain, tout ça parc'que tu parles pas les
mots qu'y voudrait, ce con !

L'un :   - Ouais, non, bon, finis ton verre, je paye
et on s'arrache d'ici !

L'autre finit son verre, l'un interpelle Gargotier.

L'un :   - Eh, Gargotier, combien ?

Gargotier :   - Seize !

L'un :   - Tenez ! Et tchao !

Les deux jeunes sortent.

Épilog :   - Épiloguer sur le sujet me semble bien
     inutile !

Poivrot :   - Pour une fois nous sommes d'accord,
     Épilog !
     C'est parfaitement inutile !

ACTE XIV   SOLDES

Entre une femme qui s'adresse à Gargotière.

Femme :   - Bonjour, Gargotière !

Gargotière :   - Bonjour, mon amie, bonjour !

Femme :   - Comment ça va, le commerce ?

Gargotière :   - Tu sais, cette année les gens dépensent
encore moins que l'an dernier.
C'est de plus en plus dur.
Tous les ans c'est pire.

Femme :   - A ce point là ?
Pourtant il paraît qu'on a encore battu tous les
records du monde en alcoolisme !
On est champion du monde !
Là j'comprends pas !

Gargotière :   - Y nous prennent tellement de pognon
avec leurs impôts pour payer des députés à dormir
sur des bancs !
Et on paye même les bancs, j'suis sûre !
Comm' ça y va, mon mari l'est sûr qu'bientôt y
faudra payer pour pouvoir travailler !
Peut êt' mêm' pour respirer !

Femme :　　　- Ça, t'as raison ! Puis, z'ont rien compris !
Y a qu'ceux qui travaillent qui payent les impôts !
Comme dit mon mari à moi, y a d'quoi leur
donner l'envie d'arrêter pour fair' comm' ceux
qu'ont pas un rond !, .., et qui payent pas
d'impôt,…, eux.

Gargotière :　　- Ouais !
Les pauvres, eux, on leur paye tout !
Nous qu'on travaill', y nous prén'nt tout ce qu'y
peuv'nt !, …, pour qu'on paye pour les pauvres !
Bientôt z'auront dégoutté tout l'monde d'avoir du
fric et tout l'monde y s'fera pauvre !
Alors j'te d'mande un peu qui c'est qui va les
payer, leurs impôts !, …, pour payer les pauvres,
…, si tout l'monde il est pauvre …

Femme :　　　- Ouais ! Ben j'sais pas!

Gargotière :　　- Réfléchis !
Si y'a qu'des pauvres, y'a plus d'impôt !

Femme :　　　- Ça s'rait chouette !

Gargotière :　　- Réfléchis !
Si y'a plus d'impôt on peut plus payer les
pauvres, alors ils disparaissent.

Femme :　　　- Mais si y'a plus de pauvre on paye des
impôts.

Gargotière :　　- Ouais.

Femme :   - C'est con, …, et sans issue.

Gargotière :   - Ouais.

Silence.

Gargotière :   - C'est comme les P.V. pour les voitures en stationnement interdit !
Ils les mettent pas dans les quartiers pauvres, ils seraient jamais payés !
Ils les mettent aux gens qui travaillent et qui s'garent pour aller travailler pour pouvoir payer leurs impôts !
Et leurs P.V. qu'ils ont eut parce qu'ils allaient travailler !
Payer pour pouvoir travailler !
Et encore une fois ils s'rattrapent sur les riches pour payer pour les pauvres !
Même mon mari, il le dit !

Femme :   - Ouais !

Gargotière :   - Et tout ça pour des gras du bide qui ronflent sur les bancs de leur assemblée !

Femme :   - Moi j'aimerais bien qu'on me paye pour dormir !

Gargotière :   - Moi aussi ! Mais j'suis plus d'accord si
        c'est pour payer les autres !

Silence.

Femme :   - Ouais, t'as raison !
        Au lieu d'prendr' l'pognon à ceux qui en ont, z'ont
        qu'à l'prendr'à ceux qui en ont pas !
        Comme ça les pas pauvres continueront à
        travailler, pour gagner du pognon, y s'ront pas
        dégoûtés, de travailler.
        C'est ça la différence entre les riches et les
        pauvres !
        Le pognon !
        Les pauvres c'est ceux qu'en ont pas !
        Les riches c'est ceux qu'en ont !
        Et faut de tout pour faire un monde.
        Alors faut pas enlever l'fric à ceux qu'y en ont !
        Comme ça tout serait logique et équilibré, donc
        normal !
        Voilà !

Silence.

Femme :   - Tu sais, j'suis comm' toi !
        Moi aussi, j'ai plus un rond à forc' d'en donner !

Poivrot :   - Pour en donner faut déjà en avoir !

Femme s'adresse à Poivrot.

Femme :   - Ça c'est sûr !

Court silence.

Femme s'adresse à Gargotière.

Femme :   - Ouais ! J'ai plus un rond !
  Faut qu'je fass' gaffe à tout !

Gargotière :   - Toi !? Vraiment !?

Femme :   - J'te dis pas des conn'ries !
  J'ai d'énormes problèmes de fric !
  J'fais gaff' à tout !

Gargotière :   - Putain !

Femme :   - Tout c'que j'achét', faut qu'je fass' gaff' au
  prix ! Qu'je marchande !

Gargotière :   - Ouais ? Putain ! T'en es là ? !
  C'est vachement raide, alors !

Femme :   - Ouais !
Tiens, là, hier j'ai vu un superbe cheval en sculpture moderne.
Tout en plastic de récupération sculpté sur le camping gaz par un vrai prolo S.D.F. aux habits tout pourris.
Il a fait ça avec toutes sortes de bouts de tout et de rien qu'il a ramassé à la décharge.
Putain ! Tu verrais ça !
De véritables détritus !
C'est MA GNI FI QUE !!!

Gargotière :   - Ah ouais ! ?

Femme :   - Ouais ! Une œuvre unique !

Gargotière :   - Ah ouais ! Là, j'veux bien t'croire !

Femme :   - J'te garantie ! Un chef d'œuvre ! ...
La preuve, ..., ça ressemble à rien !

Gargotière :   - Ah ouais ?

Femme :   - Ouais ! Et en plus il la soldait !
Alors, j'ai craqué ! J'pouvais pas fair' autrment !
Puisqu'il la soldait ! C'était une affaire !
Sinon j'aurais sûrement réfléchit, ..., euh, ..., avant de l'acheter, hein !

Gargotière :   - Ouais ?! Et tu l'as payé combien ?

Femme :   - Deux mille euros ! Tu te rends compte !?
Une affaire !
Surtout qu'il m'a dit que si c'était pas moi, il la
vendait trois mille !
Mais il m'a trouvée sympathique !
C'est vrai qu'je suis sympathique.
Hein !? ! Hein ? !?

Gargotière :   - Ouais ! Et à sa place, je t'aurais sûrement
aussi trouvée très sympathique !

Femme :   - Euh, ..., qu'est ce que tu veux dire ?

Gargotière :   - Rien !

Silence.

Gargotière :   - Et ce cheval superbe en bouts de plastic
merdique refondu, t'en avais vraiment besoin ?

Femme :   - Sûr !
Dès que je l'ai vu, j'pouvais plus m'en passer !
Sinon, tu sais, avec les problèmes de fric que j'ai,
..., j'suis déjà obligé d'me priver d'choses
indispensables, alors tu penses bien ...

Gargotière :   - Ah, ouais ?

Femme :   - Ouais, ouais ! (Déclinaison régulière de
l'intensité sonore) Ouais ! Ouais ! Ouais ! Ouais !
Ouais !

ACTE XV   VERS MIDI

Claude :   - Snif ! snif ! Moi je sais c'qu'y'a au plat du
        jour !

Etienne :   - Ouais ! Pas difficil' ! Du poisson !

Claude :   - Y a longtemps que t'en as mangé ?

Etienne :   - Euh, pourquoi tu dis ça ?

Claude :   - Pac'que si c'est du poisson, ben mon
        vieux, y a longtemps qu'il a pas vu la mer, ton
        poisson !

Etienne :   - Je persiste ! C'est du poisson !

Claude :   - Mais nonnn ! C'est des andouillettes !
        Je les reconnaîtrais entre mille !

Etienne :   - Des andouilles où des andouilles ?

Claude :   - Euh, ..., tu veux dire quoi, là ?

Etienne :   - Ben, ..., que si ça c'est des andouillettes,
        sûr qu'on peut les reconnaître.
Claude :   - Ben t'as qu'a demander.

Etienne :   - Et je vais me gêner !

Il interpelle Gargotier.

Etienne :   - Eh, Gargotier !

Gargotier :   - Oui !

Etienne :   - Qu'est ce qu'y a au plat du jour ?

Gargotier :   - Des andouillettes de gibier sauce
                 moutarde ! Ça se sent pas !?

Etienne :   - Je, ..., euh, ..., bon !

Gargotier monte le ton.

Gargotier :   - Ça se sent pas ?!

Etienne reste sans un mot. Gargotier s'énerve.

Gargotier :   - Ça se sent pas !?!

Etienne :   - Euh, ..., oui ! Si !

ACTE XVI   LE SANDWICH

Un homme entre.

L'homme :   - Gargotier ! Un jambon beurre !

Gargotier :   - Oui, tout d'suite !

Gargotier le sert.
Il prend son sandwiche et pose la monnaie sur le
comptoir.

Gargotier :   - Eh ! Y a un supplément pour le beurre !

L'homme :   - Ben voyons !

Gargotier :   - Obligé ! J'ai doublé !
          Parce que, ..., euh, ..., enfin, ..., j'ai doublé, et
          puis, ..., quoi, …, c'est bien justifié avec tout ça !

L'homme paie le supplément et attaque son sandwich,
puis marque une pause.

L'homme :   - Eh, Gargotier ! Entre nous,
          Si tu veux qu'on revienne et qu'tu fass's ton beurr',
          faut en mettre un peu plus dans tes sandwichs !

Gargotier :   - Oh ! Faut suivre l'actualité, mon pote !
        Maintenant, avec les maladies nouvelles depuis la
        vache folle et tous ces troupeaux qu'on abat, le
        beurre augmente !
        Qu'est ce que j'y peux, moi ?

L'homme :   - Sais pas, mais de là à presque doubler le
        prix de tes sandwiches, ...

Gargotier s'énerve.

Gargotier :   - Putain !
        Qui c'est c'lui là ?
        On l'connait mêm' pas et y s'permet d'critiquer
        mes sandwichs !?
        Tu peux aller manger ailleurs !
        Y'en a d'autres qui les aiment, mes sandwichs !
        Et qui les mangent depuis vingt ans, mes
        sandwichs !
        Moi j'ai pas b'zoin d'ton pognon !
        Allez, va ! Mendiant ! Cass'toi !
        …
        Et l'sandwich tu peux t'le garder !
        …
        Mais r'met plus jamais les pieds chez moi !
        …
        Allez !

        Connard !
        Cass' toi !
        Et tout d'suite !

L'homme sort.

Fada :   - C'est des sandwiches iniques !?

Gargotier :   - Ah, toi, ta gueule !
          …
          Et l'prochain qui parle de mes sandwiches ...

ACTE XVII   LE PLAT DU JOUR

Un homme entre, il s'assoit et commande.

L'homme :   - Gargotier ! Un plat du jour !

Gargotier :   - Ça roule !
                ...
          Et c'est qu'il le suit à l'odeur, le monsieur, l'plat du jour !

Gargotier le sert et retourne derrière son comptoir.

L'homme sent le plat, le re-sent.

Gargotier intervient.

Gargotier :   - Qu'est ce qu'y a ? Un problème ?

L'homme :   - Qu'est ce que c'est, exactement ?

Gargotier :   - Des andouillettes de gibier sauce moutarde !

L'homme :   - Vous êtes sur qu'elles ont pas une petite odeur ?

Gargotier :   - Eh, dis donc !
Chez moi c'est pas des andouillettes de
supermarché, hein !
...
C'est la moutarde, que tu sens !
De la bonne moutarde forte de Dijon !
Mais tu dois pas pouvoir t'la payer chez toi !
C'est pour ça !
T'es pas habitué !

L'homme :   - Non, ..., je veux dire ...

Gargotier monte le ton.

Gargotier :   - Vous voulez dire, ..., la moutarde !

L'homme :   - Non, ..., enfin, ..., je ne sais comment
dire ...

Gargotier monte encore le ton.

Gargotier :   - Tu veux dire la moutarde !!!
...
Et moi je sens qu'elle me monte au nez, la
moutarde !
Dis donc !
Tu t'fous d'ma gueule !?

L'homme :   - C'est quoi, déjà, ça, comme plat ?

Gargotier :   - Je viens juste de te le dire !
Mais je répète !
Des andouillettes de gibier sauce moutarde !!!
…
Le gibier il est dans la foret, à quatre pattes, …
On l'entend dans la foret le dimanche matin.
…
Et ma moutarde, c'est direction Dijon, R.N.7
…
De la vraie moutarde bien forte !
O.K. !?
…
Dijon c'est pas loin d'la Bourgogne, où y a du très bon pinard !

L'homme :   - Des andouillettes de gibier !?
À priori bien faisandées.
C'est quoi, ça, des andouillettes de gibier ?

Gargotier :   - Mais, j't'en pose, moi, des questions !?
J'te d'mand' pourquoi t'as une tronche aussi con !?
J'te d'mande pourquoi entre une départementale et une vicinale y faut jamais prendre la départementale !?
J't'emmerde, moi, avec des conneries pareilles !?
Tu sais mêm' pas c'que c'est des andouillettes de gibier et tu la ramènes !?
Faut que j'te fasse un dessin !?

L'homme :   - Euh, …, non !

Gargotier :   - Bha ! Faut qu'on l'aim' ce métier !
Quand on voit ça, ...
C'est vraiment jeter du lard aux cochons !

L'homme :   - Euh, ..., du lard aux cochons !?
Euh, ..., je ne comprends pas.

Gargotier :   - Oooh !
C'est pas possible !
J'vais m'le faire !
Le microbe !
La demi-portion !
C'est pas vrai !
J'vais me faire une gâterie !
J'te dis qu'c'est la moutarde que tu sens !

L'homme :   - Vraiment !?

Gargotier :   - Ouais !
De la moutarde !
Avec des grains malaxés !
Tu sais c'que c'est, d'la moutarde !?
Elle est pas assez bien pour toi, ma moutarde !?
Elle te plaît pas, ma moutarde !?
J'te dis qu'c'est d'la moutarde !

L'homme :   - Bon ! Bon !
Euh, ..., d'accord !

Gargotier :   - De la moutarde de gibier façon andouillettes !,

…,

Non, des andouillettes de moutarde au gibier,

…,

Enfin, …

…,

Et puis, dis donc, tes agglomérés d'viande, les dix pour cinq cinquante, quand tu vas dans ton supermarché pour fauchés, …, tu l'emmerdes pas l'épicière,   quand t'y vas ! Hein !?

…

Quand t'as des érections d'boutons l'lendemain, t'emmerde pas les patrons !

…

Alors !

…

Tu vas quand même pas nous gonfler avec mes andouillettes !

…

C'est du pur produit d'terroir, qu'ils appellent ça !
Tu sais c'que c'est qu'le terroir ?
Made in France !
N.F. !
Norme Française !
Eh, c'est marqué !
Tu veux voir l'étiquette !?
N.F. !

Silence.

Gargotier se retient, prend son souffle et se calme un peu.

Gargotier :　　　- Enfin, puisque j'te dis qu'c'est la
　　　moutarde qui sent !

L'homme :　　　- Vraiment ?

Gargotier pète les plombs.

Gargotier :　　　- Ouais ! La moutarde !
　　　Tu l'aimes pas, ma moutarde !?
　　　Elle est pas assez bien pour toi, ma moutarde !?
　　　Elle te plaît pas, ..., ma moutarde !?
　　　J'te dis qu'c'est la moutarde !

L'homme :　　　Bon !
　　　D'accord !
　　　Et C'est très bon !
　　　…
　　　… Oui,
　　　C'est vraiment de la moutarde de gibier façon
　　　andouillettes!
　　　…
　　　... Euh, ..., enfin, ..., du, ..., des, ...,
　　　…
　　　C'est, …, c'que vous voulez !
　　　…
　　　... Mais c'est très bon !
　　　…
　　　... Et puis ce petit goût de faisandé !
　　　...

C'est vraiment des andouillettes de moutarde à la
sauce gibier !

…

... Aucun doute !

…

... Si vous voulez !

Gargotier :   - Bon ! À la bonne heure !
On sait prendre de bonnes résolutions !

Gargotier se tourne à part.

Gargotier :   - Y va quand même pas m'mettre l'hygiène
sur le dos, ce con !
Avec sa gueule de rat qui pue à trois kilomètres !

…

Y sont déjà venus quatre fois cette année et y
m'lâcheront plus, ces cons !

…

Avant on leur donnait des enveloppes, avec un
muscadet, ou plusieurs, puis, après c'était on y
r'tourne !
Et j'étais tranquille !
Y r'sortaient bourrés !
Y z'avaient mill' balles.
Et un coup dans l'nez.

…

Maint'nant y sont d'venus honnêtes !, ou presque !

…

Y font ça à grande échelle !
Toutes les grandes surfaces leur donnent dix mill'
ball's !

J'peux pas lutter !

... On appelle ça la concurrence !

... Putain !

…

Est c'que je vais voir, moi, c'qu'y mett'nt dans leurs assiettes, eux !?

Silence.

Gargotier reprend, toujours à part.

Gargotier :   - Avec tous les plats avariés que j'ai dû vendre depuis vingt ans pour faire mon beurre …
Merde, quoi !
Y vont quand mêm' pas m'avoir maint'nant !

ACTE XVIII   LE POÈTE

Poète entre.

Il regarde les tables, en essaye une, puis change, en
essaye une autre et s'assoit enfin et parle à part.

Poète :   - Voilà, là je serai bien !
      Je vois la rue et l'intérieur.

Il lève le bras.

Poète :   - Gargotier, un grand verre d'inspiration !

Gargotier :   - Comme d'habitude. Toujours la Muse ?

Poète :   - Si sa t'amuse. Volontiers.
      ... Avec un zeste ! J'adore les zestes.

Gargotier sert une boisson qu'il apporte à sa table.

Gargotier :   - Ah … S'ils étaient tous comme toi !

Poète :   - Qui donc ?

Gargotier :   - Mes clients !
Toi, t'arrives, tu t'assois, tu commandes, puis pendant des heures tu restes là, tu regardes, tu écris sur les gens, tout le monde, tous ces cons qui travaillent, .., euh, ..., sauf moi, ..., enfin, t'es là, quoi, perdu dans tes pensées, dans les vap's !
T'es paumé !
…
Tu te rends compte, un peu, ce serait le paradis si tous mes clients étaient comme ça !

Poète :   - Ça serait terrible, Gargotier !
Terriblement ennuyeux !

Gargotier marque la surprise

Gargotier :   - Mais, qu'est ce que tu veux dire ?

Poète :   - Plus d'animation.
Plus que des gens assis qui écrivent sur des gens assis, et qui écrivent tous la même chose sur les mêmes gens puisque tous les autres font la même chose.
Non ! Sincèrement non !

Gargotier :   - Finalement, à mieux y penser, tu dois avoir raison !
Surtout que ça remplirait pas les verres.

Femme :   - Ah si ! Ça serait formidable !
        Que des gens gentils, des gens charmants qui
        pensent en disant aux filles « Mignonne, allons
        voir si la rose ... »

Gargotier la coupe et se ressaisit plus fermement, le ton
monte.

Gargotier :   - Eh !, ça va pas, non !?
        Z'y pensez pas !
        Que des gens qui écrivent, des gens dans les
        nuages, et qui consomment même pas tellement
        qu'ils pensent, … qui pensent tellement qu'ils ne
        pensent même plus à boire, … euh, ...
        Attends, hé, attends !
        …
        J'y perds mon latin, là, moi !
        Et mon fond de commerce !
        Eh !, attends, attends, attends !
        …
        Y'a pas marqué « Bistrot des alcooliques
        repentis » sur la porte !
        …
        S'y'avait que des gens comme lui j'serais vite au
        chômage, moi !
        …
        Putain, t'as raison, Poète ! T'as raison !
        …
        H'reus'ment qu'y'a qu'toi, comm' ça !

Femme :   - Pourtant, que des gens charmants qui
        poétisent sur les choses ...

Gargotier :   - Moi j'aim' les gens qui poétisent sur un verre qu'ils vident pour que je le remplisse !

Poivrot :   -Mais sûr qu'elle a raison !
Tu penses un peu, que des gens biens, et qui font tous pareil !
Des trucs biens.
Qui disent des choses jolies, agréables, …
…
Seulement on pourrait plus médire, accuser, critiquer !
Plus rien de toutes ces basses choses qui remplissent si souvent la vie de tous les jours pour tant de petites gens !
…
Dont nous sommes !
…
Quelle tristesse !

Gargotier :   - Oui, c'est bon, Poivrot, c'est bon !
Ça peut se discuter.
…
Et moi, j'ai dit une connerie !
Pire ! J'ai même insulté mon chiffre d'affaire !
Sacrilège !
Abomination !
... Euh, ...
... Iniquerie, ..., même !
... Bon, enfin, ça va, on pass' l'éponge !"

Poivrot :   - Par contre, s'ils étaient tous comme moi,
pour toi c'est la fortune assurée !
... Allez, va, sers moi encore un petit blanc, tout
ça, ça me donne soif !

Gargotier :   - Ouais ! J'préfér' ça !
Toi, au moins, t'es pas inique !

Silence.

Poivrot :   - Eh, Épilog ! T'es pas malade, au moins ?

Épilog :   - Non, pourquoi ?

Poivrot :   - Ça fait un moment qu'on t'entend plus !

ACTE XIX   LES AVOCATS

Entrent deux avocats, adversaires à la cours sur la même affaire qu'ils viennent de plaider au tribunal.

L'un :   - Ça donne soif, ces monologues !

L'autre :   - Gargotier ! Deux kirs !

Gargotier :   - De suite !

Ils commencent à discuter pendant que Gargotier les sert.

L'un :   - Bien joué, ta plaidoirie !

L'autre :   - Merci. Bien joué la tienne aussi !
Puis tu as ta part de mérite dans la mienne !
Sans les renseignements que tu m'as donnés la semaine dernière, tu pouvais gagner aujourd'hui !

L'autre :   - Dans la vie, faut bien s'entraider.
Et, si je gagne de suite par K.-O. d'entée, on touche quasiment rien !

L'un :   - C'est sûr !
Puis il ne m'en manque plus beaucoup pour cette villa que je veux payer comptant le mois prochain.
... Tu sais, ..., celle avec la piscine à débordement avec vue sur la mer !

L'autre :   - Oui, bien sûr, tu me l'as montrée en
photos il y a quelques jours.

L'un :   - Elle est belle, hein ! Je la veux, celle là !

L'autre :   - Sûr que ce n'est pas pour les chômeurs
qui ne peuvent même pas payer leur avocat, ces
choses là !
Mais t'en fait pas, pour cette affaire, on va la faire
durer.
De toute façon, faut arriver au stade de saisie par
huissier de tout leur mobilier, des deux cotés.
Parce qu'avec des gens dans la merde, qui galèrent
tous les jours sans s'en sortir, …, quatre enfants,
en H.L.M., et du travail de temps en temps, en
intérim, quand ils ont un coup de bol, ...
(à part : et L'AIDE JURIDICTIONNELLE, qui ne
nous rapporte presque rien et qu'on doit subir !)
de mon coté, ...,
Et un chômeur avec deux enfants en bas âge et un
logement social miteux dans les bas quartiers
humides et mal éclairés dont personne ne veut,
(à part : Faut vraiment être obligé, pris à la gorge
pour supporter de vivre là,)
De ton coté, …
(à part : Et encore L'AIDE
JURIDICTIONNELLE, qui ne nous rapporte
toujours pas grand chose !) c'est vraiment tout ce
qu'on peut leur prendre.

Et on ne peut même pas refuser de les défendre,
quand on est nommé d'office par le tribunal, pas
moyen de discuter !
Et puis on te parle d'état de droit, de profession
LIBERALE !
…
Enfin, si on en arrive là, avec les voitures en plus
(à part : et le petit pourcentage de l'huissier !), il
ne leur restera rien mais nous on pourra se payer
...   à peu près correctement.
Ah, ah, ah !

L'un :   - Oui, sur le BUTIN !
Merci l'huissier ! (à part : Si j'ose dire !)
Tiens, t'auras dix pour cent !
Euh, ... non, ..., j'ai rien dit ! Ah, ah, ah !
(à part : parce qu'il ne faut surtout pas le dire ! ...
surtout au juge !)
Le chômage, qu'elle guigne ... pour nous !
Enfin, ..., tu m'as compris !

L'autre :   - Vas, t'en fais pas !
Je connais le métier depuis longtemps, et on aura
notre part.
Comme toujours, ... la plus belle ! Ah, ah !

L'un :   - Dire qu'y en a qui disent qu'on est des voleurs,
..., alors qu'on défend avant tout les droits des
honnêtes gens.

L'autre :   - Puis, on ne peut pas être des voleurs, ...
puisque nous, on a le droit !
... Et le droit pour nous ! Ah, ah, ah !
Tu te rends compte !
Nous on a le droit ! Ah, ah, ah !
Et le droit pour nous ! Ah, ah, ah !

ACTE XX LES DÉPUTÉS

Entrent deux hommes, la cinquantaine.

L'un : - Gargotier, deux suzes !

Gargotier : - Tout d'suite !

L'un présente une chaise à l'autre :

L'un : - Si monsieur le député veux bien prendre
place !

L'autre : - Merci, monsieur le député !

L'un : - Encore, une nuit à passer sur ces fichus
bancs !

L'autre : - Oui, heureusement qu'on est bien payé,
..., pour dormir sur ces bancs une ou deux fois par
mois !, ..., service minimum ..., histoire de ...

L'un : - Ben oui !
C'est pas que ça serve à quelque chose, mais au
moins on sait où vont les impôts.
Enfin, ..., les leurs !

L'autre :   - Ouais ! Ah, ah !
               Parc'que nous, ..., on en paye pas ! Ah, ah, ah !

L'un :   - Oui, puisqu'on n'a pas de salaire ...

L'autre :   - Indemnités …

L'un :   - Service rendu à la Nation !

Sortie des députés.

Épilog s'adresse à Gargotier et Poivrot.

Épilog :   - Dites donc mes amis, ce sujet, quoi qu'il
               soit fortement sujet à polémiques et qu'il entraîne,
               le plus souvent, dans les innocentes conversations
               quotidiennes de...

Poivrot le coupe net.

Poivrot :   - C'est bon, Épilog, c'est bon !
               T'es toujours vivant !
               Bien contents d'le savoir !
               Merci de donner des nouvelles !
               De temps en temps !
               Pas trop souvent si possible !
               Maintenant tais toi !

Subtil entre.

Épilog :   - Euh, ...

Poivrot :   - Si, si ! Tais toi ! De suite !

Épilog :   - Bon !

Subtil :   - Tu sais, Poivrot, y a des gens comme ça.

Subtil se tourne vers Épilog.

Subtil :   - Ils se noient de mots, de phrases et de tournures subtiles pour se donner l'impression d'exister.
Mais ils ne savent pas que les plus belles choses ne se disent pas.
... Ne peuvent pas se dire !
... Elles se sentent, seulement.

Silence.

Descarte entre. Poivrot s'adresse à lui.

Poivrot :   - Eh, Descarte ! Qu'est ce t'en penses ?

Descarte :   - Je pense !, …, donc je suis !

ACTE XXI   PROF

Entre un enseignant qui va se confier à Gargotier.
Un jeune est assis dans la salle.

Prof :   - Je crois que j'ai compris !

Gargotier :   - Et t'as compris quoi, Prof ?
             Parce que c'est pas parce que t'es prof que t'as le
             droit de comprendre plus que les autres !
             …
             Les tôliers aussi, par exemple, hein, les tôliers,
             c'est juste par exemple, hein, les tôliers, ben avec
             tout ce qu'ils voient, ils en comprennent
             beaucoup, ..., aussi … eux, ..., hein …, les tôliers !
             ... Bon !

Prof :   - Je suis bien d'accord avec toi !
             Mais là je crois que j'ai compris pourquoi ils
             écoutent leur musique aussi fort aujourd'hui.
             Toujours, comme ils disent, « À bloc ! »
             C'est sûrement comme pour le vin, le rouge
             surtout.

Poivrot le coupe.

Poivrot :   - Ah, le rouge ! Le bon rouge !
             Le bon gros rouge qui tache !

Prof :   - Oui.

Quand il est bon, pour les connaisseurs qui ont un palais sensible, on le sert à dose modérée et à température ambiante, chambré, comme on dit, pour qu'il développe tout ses arômes, alors que plus il est mauvais, plus on le servira frais, ou même froid, pour qu'il ne développe pas son goût et son parfum, trop médiocre.
Il soûlera juste, sans aucune autre qualité.
Si encore ça en est une !

Gargotier :   - Eh, oh, Prof, attention à c'que tu dis !
J'en sers, moi, du picrate, à des gens qui payent !
Et j'le sers froid !
Très froid, même !
Alors attention !
Tu vas pas me ruiner l'commerce !

Prof :   - Non, mais eux, les jeunes avec leur musique, aujourd'hui, je pense que c'est pareil.
Ils l'écoutent ... « À bloc ! » ... pour s'en saouler, pour oublier, pour je ne sais quoi, pour se faire croire je ne sais quoi, mais c'est tout !
Et comme le vin glacé leur musique est tellement mauvaise qu'il faut l'écouter « À bloc » pour s'en saouler.
Ils n'apprécient plus la musique, ils n'ont plus d'oreille comme certains n'ont plus de palais.

Poivrot :   - Eh, Prof, attention, là !
Si c'est à moi qu'tu penses j'ai encore des oreilles !
... La preuve, ... j't'entends !

Prof :   - Mais non, Poivrot !
C'est pas à toi que je pense !

...

Donc, toujours comme toutes les drogues, à force de s'en saouler ils en deviennent dépendants, et ne peuvent plus écouter que cet assemblage de bruits qu'ils appellent musique.

Le jeune :   - Eh, Prof !
La musique c'est la musique !
Et on aime bien celle qu'on veut !
C'est pas parc'que toi t'écoute que du Mozart …
C'est dépassé, ça, maintenant !

Prof :   - La musique, c'est une organisation des sons particulière, esthétique, qui suit des lois et reste artistique !

Le jeune :   - Eh, dis, c'est toi qui décide de ce qui est beau !?
Et puis, dis !, il te faut des lois, à toi, pour avoir le droit de trouver que quelqu'chose est beau ? !

Prof :   - Bien sûr que non !

Prof se retourne vers Gargotier, Poivrot et Subtil.

Prof :   - Enfin, quoi qu'il en soit ils la trouvent d'autant meilleure qu'elle leur détruit le sens auditif, la capacité d'écouter et d'apprécier.
Ils ne savent qu'entendre.

Le jeune :   - Et, Prof, doucement !
       Là t'insulte !

Prof :   - Mais non !
       On se bat aujourd'hui contre les nuisances
       sonores, le bruit de la rue qui agresse et rend
       violent, quand eux, les jeunes, avec leurs
       walkmans ils se sont recréé le marteau piqueur
       permanent sur les membranes si fines de leurs
       tympans, et qui tape toute la journée dans leurs
       cerveaux !

Le jeune :   Oh, Prof ! Tu l'as vu, ton cerveau, toi !?
       C'est les violons, et les berceuses !

Poivrot :   - T'as raison, Prof, c'est une drogue !
       Mais ils te diront aussi que si c'est une
       drogue elle fait de mal à personne quand ils la
       prennent !

Prof :   - C'est sûr, quand ils ne gênent pas leurs
       voisins.
       Quand leur dite musique ne les rends pas agressifs
       outre mesure.
       Mais même dans ce cas là, il est quand même
       toujours mieux d'être libre, ..., tout simplement.

Poivrot :   - Ouais !
       C'est comme ces cons qui disent qu'y vaut mieux
être pauvre et en bonne santé que riche et malade !
       …

Moi je préfère être riche et en bonne santé que
pauvre et malade !
... Et surtout pas inique !

Poivrot s'adresse à Tavernier :

Poivrot :   - Eh, Tavernier, à force de parler de vin, il
me donne soif, c'ui là !
Sert moi un petit blanc, ..., BIEN FRAIS !

Épilog :   - Ah, la musique, la musique ...

Poivrot :   - Stop !
Je t'arrête de suite !
On la connaît déjà, ta musique !
Basta !

ACTE XXII   LA COLLE

Poivrot boit un coup puis interpelle Prof.

Poivrot :   - Eh, Prof !
Je vais te poser une colle, et même que tu sois
prof, je crois pas que tu sauras répondre.

Prof :   - Vas y, mais, tu sais, les profs sont des
gens comme les autres.

Poivrot :   - Quelle est d'après toi la race vivante la
plus agressive, et dangereuse sur la terre ?
Et je te demande, bien sûr, d'expliquer pourquoi.

Prof réfléchit quelques instants.

Prof :   - Sans doute ... les félins, ou les crocodiles,
..., les caïmans !
Et comme explication je dirais qu'ils n'ont pas
vraiment de prédateur.

Poivrot :   - Sur l'explication t'as pas tout faux, mais
sur la race tu te trompes complètement.
Le plus agressif et dangereux sur terre, c'est toi !

Prof est très surpris de la réponse. Se passe un instant de
flottement.

Prof :   - Moi !?

Poivrot :   - Oui, toi !, …, et moi. Enfin, nous !

Prof, toujours surpris.

Prof :   - Nous !?

Poivrot :   - Oui, l'être humain, quoi.

Prof :   - Et comment tu expliques ta réponse, toi ?

Poivrot :   - Tu sais qu'il y a un équilibre biologique
        sur terre !?

Prof :   - Oui, bien sûr.

Poivrot :   - Et tu sais que dans cet équilibre y a des
        êtres vivants, des animaux, des végétaux, et que
        tout ça vit en harmonie, du moins normalement, et
        que dans cette harmonie les quantités de chacun
        restent stables dans une certaine fourchette.

Prof :   - Oui, les populations restent
        naturellement dans des proportions équilibrées.
        Sinon y en a qui disparaîtraient !

Poivrot :   - Ouais, Prof !
        C'est exactement ça ! Comme tu sais le dire !
        Donc si une espèce venait à se multiplier, à
        surmultiplier sa population en écrasant, en
        détruisant d'autres espèces, en prenant leur

territoire naturel, et qui même, à l'extrême, ne trouvant plus le moindre prédateur capable de se mesurer à elle irait jusqu'à s'en prendre, s'entretuer avec les individus de sa propre espèce, tu es d'accord avec moi que c'est celle là qui serait la pire, la plus méchante et la plus agressive !?

Prof :   - Oui, Poivrot.

Poivrot :   - Ben, c'est déjà arrivé, depuis longtemps !

Prof :   - Comment ça ?

Poivrot :   - Et oui, l'être humain qui se croit le meilleur, c'est le pire !

Prof :   - Comment ça ?

Poivrot :   - Il s'est surmultiplié, il à inventé de quoi détruire, détruire tous ses prédateurs, détruire ses congénères, les guerres le prouvent, détruire la planète, .., etc., ..., et un immense pouvoir destructeur dort encore dans des silos, des réacteurs, des entrepôts.
…
Et j'en saute, j'en oublie !

Subtil :   - Ça, c'est vrai, et c'est le moins qu'on puisse dire !

Femme :   - Euh, ..., si on avait utilisé ne serait ce
                 qu'un peu de cette énergie et des fortunes
                 englouties dans cette folie destructrice pour le
                 bien, pour qu'y'ait plus de pauvre, de S.D.F., pour
                 que le monde mange à sa faim, ..., sûr qu'on en
                 serait pas là !

Subtil :   - Oui.
                 Il faut savoir que dans le monde plus d'une
                 personne sur quatre ne mange pas tous les jours !

Gargotier :   - Puis s'ils m'en avaient donné un peu, ça
                 s'rait pas plus mal !
                 Pouvez toujours leur souffler l'idée si vous les
                 voyez !

Poivrot :   - O.K., Gargotier ! On y pensera !
                 Toujours qu'on ne peut plus rien faire pour faire
                 disparaître cette énergie et ces engins prêts à faire
                 leur terrible œuvre de mort, de souffrances, de
                 peines et d'atrocités.

Subtil :   - Oui, Poivrot !
                 Tout cela te donne évidemment raison.

Poivrot :   - La puissance atomique, la guerre
                 bactériologique, toutes les armes classiques,
                 toutes ces choses qui ne servent à rien, à rien
                 d'autre qu'à pouvoir tuer ses congénères !
                 ...
                 Puis aussi les gaz et fumée polluants, les
                 ordures, le plastic, les matières chimiques, notre

merde de tous les jours dans nos pays
« civilisés », NOTRE MERDE, qui,
inévitablement, ira un jour à la mer, l'océan, puis
partout sans exception,
...
Et qui pourrira tout !
…
Commençant par ceux qui n'ont rien fait pour ça !

Subtil :   - Certes, Poivrot, certes !

Poivrot :   - Et oui, Prof, le pire de tous, et de très
loin, c'est bien l'être humain !
L'a inventé tout ça et l'a mêm' pas trouvé un mot
dans son langage capable de se rapprocher de ce
qu'il est vraiment !

Silence.

Prof :   - Eh, Poivrot, quoiqu'ont ne puisse pas te
donner tort, t'es quand même un peu noir avec
l'homme !

Poivrot :   - Oh non !
C'est malheureusement la vérité.
... Et ce con, il se dit « supérieur » !
... Puis faut pas toujours dire l'homme, y a aussi
les femmes !
Là, c'est notre langue qu'y faut revoir !

Prof :   - Qu'est ce que tu veux dire, encore ?

Poivrot :   - Que par dessous et sans rien dire c'est presque toujours les femmes qui décident, qui provoquent.
... Et c'est tout un tas d'hommes idiots qui exécutent et portent les responsabilités à la place de ces femmes.

Gargotier :   - Eh, Poivrot !
Touch' pas à ma virilité !
J'suis pas une gonzesse, moi !
Et j'suis pas non plus idiot !
Attention !

Poivrot :   - Vous voyez ... !?

Silence.

Femme :   - Eh, oh !
Sans les femmes, vous seriez bien malheureux !

Poivrot :   - Sans doute, et c'est réciproque, mais ça n'excuse rien.

Il se retourne vers Prof.

Poivrot :   - Tu sais, on les trouve presque toujours à la base de bien des choses pas très belles, si on y réfléchit bien.

Prof :   - Si on veut être objectif, faut bien
reconnaître que quelque part tu as encore raison.
Mais tu te fais là l'avocat du diable !

Poivrot :   - Sans doute !
Mais tout ça est fondamentalement vrai.
Et tout le monde le sait !
Mais c'est vrai qu'une petite partie de l'humanité
est différente.
Celle là, elle sait faire des choses aussi
formidablement bonnes que l'autre sait fabriquer
l'horreur.
…
Espérons qu'un jour les proportions s'inverseront
et que c'est la bonne moitié qui cachera la
mauvaise !

Femme :   - Eh, Prof, tout ça, de toute façon, c'est la
faute des hommes !
C'est eux qui ont fait la société !
Les femmes sont des victimes !
Les victimes des hommes !

Poivrot :   - Eh, dis, toi !
Si c'est les hommes qui font tout, ça veut dire que
tout ton confort, tout ce que   tu aimes, tout ce que
tu as d'agréable, tu le dois aux hommes !
Et tout ça parce que les femmes sont incapables
de le faire !
Et parce qu'elles ont été incapables de faire, elles,
la société !?
Non ! Faut arrêter ! Faut arrêter avec ça !

Femme :   - C'est pas ça que je veux dire !
              Je dis juste qu'on est les victimes des hommes !
              Et que tout ce qui est mauvais, c'est la faute des
              hommes !
              C'est tout ! C'est simple, non ?!
              …
              Puis, tout ce qui est bien, nous, les femmes, on l'a
              déjà, alors, on s'en fout.
              C'est pas la peine d'en parler.

Silence.

L'un :   - Ouais !
              Quand il faut partir à la guerre, y en a pas une qui
              vient pleurer pour être obligée d'y aller elle aussi !
              Quoi que, comme disait mon collègue, si on
              mettait des femmes dans l'armée, un mois après y
              aurait plus un char qui fonctionnerait !
              Tout cassé ! Hors d'usage ! H.S. !

Subtil :   - Moi, je serais d'avis de leur donner le
              pouvoir !
              TOUT le pouvoir !

Gargotier :   - Eh, dis ! Ça va pas toi !?

Subtil :   - Ecoutez !

De toujours ce sont les hommes qui ont porté le poids et la responsabilité des décisions, bien souvent inspirées, formulées et décidées par les femmes.

…

Mais en dessous, sans que ce soit le dit, comme le soulignait très justement quoi qu'ironiquement, Poivrot, elles ont bien largement fabriqué la société d'aujourd'hui et même l'Histoire, plus, bien plus que les hommes !

…

Et elles ont obtenu tous les plaisirs et les avantages qu'elles ont voulu, alors que les hommes, eux, par faiblesse, voire orgueil, n'ont eut que privations et reproches.

…

Et oui, ce sont les femmes qui ont fait l'Histoire en grande partie, mais elles n'en parlent pas, elles le mettent sur le dos des autres, qu'une soi-disante virilité rend fiers d'endosser ce rôle, et ce sans doute parce qu'elles ont encore beaucoup à gagner, à gratter, mais aussi parce qu'au fond d'elles-mêmes et malgré qu'elles disent le contraire, elles ne sont surement pas fières des résultats.

…

C'est pourquoi je serais d'avis de leur donner le pouvoir !
TOUT le pouvoir !

En leur donnant tout le pouvoir, les hommes se
libéreraient de tous ces problèmes, merci
mesdames, et auraient enfin les mains libres pour
juger, tout du moins critiquer, enfin, les femmes.
…
Et si elles faisaient mieux, et bien tant mieux !
Ce serait tout à leur honneur !
Mais d'abord, il faut essayer !
…
Ça changerait un peu, et peut-être que les hommes
pourraient aussi reprendre un peu de tout ce
qu'elles leur ont pris, partager, et même, ...,
progresser !

Prof :   - Alors, là, Subtil, bravo !
Là c'est toi qui marque un point !
Aussi superbe qu'intéressante analyse !

Subtil :   - Et puis, on verrait alors si, une fois dans
le camp qui commande officiellement,
confrontées aux vraies réalités économiques,
politiques et sociales, elles feraient vraiment
mieux que l'ont fait les gouvernements à têtes
masculines.
…
Et tant qu'on aura pas essayé, on ne saura pas !
…
De toute façon, les hommes n'ont pas d'autre
solution pour sortir de la lamentable médiocrité
sociale où ils se sont maintenant enfermés, se
croyant les plus beaux, ..., les plus forts !

Poivrot :   - Ouais !

Mais ils sont vraiment pas prêt à évoluer un peu et sortir de cette sorte de cul de basse fosse où ils se sont enfermés en donnant, enfin, le pouvoir aux Femmes.

Gargotier :   - Ah, putain, non !

Risque pas de donner quoi qu'ce soit aux gonzesses !
C'est pas elles qui vont commander !

Poivrot :   - Vous voyez ... !?

Silence.

Poivrot interpelle Gargotier d'une voix ténébreuse.

Poivrot :   - Eh, Gargotier !

Sers donc un petit blanc pour réchauffer les entrailles de l'avocat du diable !
…
Le feu intérieur, les flammes de l'enfer doivent être alimentés !

ACTE XXIII   PLASTICIENS

Entrent deux chirurgiens esthétiques.

L'un :   - Gargotier, deux p'tits r'montants ! Comm'
d'habitude !

Gargotier :   - Tout d'suit' !

Gargotier les sert.

L'autre :   - C'était long, aujourd'hui !
Deux nez et trois culs !
…
Puis quand tu vois ce qu'elles ont choisi,
… comme nez, ...
Tu t'dis qu'y en a qu'y ont pas d'pif, ...
Et que de leur en faire un neuf changera pas grand
chose !

L'un :   - Puis, pour les culs, avec ce que la nature
leur a donné, y en a qui en ont pas vraiment !

L'autre :   - Ouais ! Pas fâché d'finir la journée.

L'un regarde sa montre :

L'un :   - Eh ! Déjà vingt et une heures !

L'autre :   - C'est un métier qui gagne bien !
Mais je ne comprends toujours pas pourquoi les
plus moches s'acceptent très bien comme ils sont
et rayonnent souvent au point qu'ils en sont très
beaux alors que des gens « normaux », même
biens, se trouvent toujours un pet de travers,
... Surtout ceux qu'ont les moyens !

L'un :   - Oui !
C'est ce qui s'appelle avoir les moyens de péter
plus haut que son cul !
... Surtout s'il est refait.

L'autre :   - Comme si le pognon les rendait
coupables d'être eux-mêmes !

L'un :   - Coupables de pouvoir changer la nature !

L'autre :   - Comme si l'argent les rendait coupables
pour la seule raison qu'ils peuvent agir !

Silence.

Femme :   - Eh, dites, vous savez pas, vous, le
malheur, la torture tous les jours de pas avoir le
nez de Pamela Anderson, les jambes de Claudia
Schiffer, les seins de B.B. et le cul de Love
Amour !

Les deux chirurgiens sont dubitatifs.

L'un :   - Euh,..., Non !
        Effectivement, on ne sait pas !

Ils se regardent mutuellement avec un soupçon de
complicité.

L'autre :   - Et nous, on s'en porte pas plus mal.

Silence.

Femme :   - Bien sûr qu'vous savez pas !
        Vous n'êtes QUE des hommes !
        Vous pouvez pas comprendre, VOUS !
        Mais c'est invivable ! Et c'est atroce !
        On peut même en mourir !
        ... Y en a qui se suicident parc'qu'elles ont pas
        l'fric pour se payer tout ça !
        …
        Encore un drame, une atrocité de la société contre
        les femmes !
        Une misogynie sociale aussi injuste qu'inique !
        … Harcèlement sexuel !
        … Coupable d'être femme !

Poivrot la coupe.

Poivrot :   - Eh, oh ! Calme-toi !
        Il est pas question de tout ça !
        Puis c'est quand même pas si important !

Femme :   - Eh, Poivrot, sois honnête !
Tu accepterais avoir dans ton lit une femme
différente de ÇA ?!

Poivrot marque un instant de surprise.

Poivrot :   - Euh, ..., ben, ..., oui !
Même que je préfèrerais.
...
Pourquoi ?

La femme, interloquée, reste sans voix.

Silence.

L'un :   - Bon, enfin, pourvu qu'ça dure !

L'autre :   - Oui, parce que gonfler les seins et les
fesses de ces femmes, en même temps ça gonfle
bien aussi notre compte en banque.

L'un :   - Et on va pas s'en plaindre !

L'autre :   - Sûr que non ! (Il s'adresse à l'assistance)
Allez, à demain !

Et les deux chirurgiens sortent.

ACTE XXIV   FERMETURE

Gargotier et Gargotière nettoient des verres et commencent à ranger divers ustensiles en vue de la fermeture.

Deux femmes sont assises à une table, trois hommes sont au comptoir et Épilog est assis prés de la porte de sortie.

Gargotière :   - Euh, ..., hé, euh, ...
              Qu'est c'que j'mets au plus du jour, pour demain ?

Gargotier :   - Qu'est ce j'en sais, moi !?

Gargotière :   - Putain, tous les soirs c'est l'même
              problème !
              Faut inventer un menu !

Gargotier :   - Tous les soirs tu fais chier avec la même
              question !
              Tu sais même pas gérer ton stock !
              Faut vraiment que je t'explique tout !
              …
              T'as qu'à ouvrir ton frigo et mettre ce qui pue le
              plus au menu !

Gargotière :   - Ah ouuui !!! C'est vrai !
              T'as encore raison !

Silence.

Les trois hommes au comptoir.

Robert :   - Allez, Paulo, remets ta tournée !

Paulo :   - Eh, Gargotier !
               Une tournée pour mes amis !

Gargotier   - O.K, mais c'est la dernière !
               Après je ferme !

Paulo :   - Eh !, Gargotier ! Eh, attends !
               On commence juste à s'amuser !

Robert :   -Et ouais ! On a toute la nuit pour fermer !

Gargotier :   - Non !
               Il est déjà dix heure dix et je ferme à dix heure !
               Ça, c'était le verre de l'amitié !
               Maintenant je ferme !

Fred :   - Eh ! Ferm' pas !
               On est pas bien, là, entre potes !?
               Allez, Robert, c'est ta tournée !

Les trois hommes vident leurs verres.

Robert :   - Eh, Gargotier ! Une tournée !

Gargotier :   - Non ! C'était la dernière !
            Maintenant je ferme !
            C'est valable aussi pour ces dames !
            Allez !

Pendant que les femmes se lèvent et s'en vont :

Paulo :   - Fais pas chier !
            Donne-nous encore une tournée !
            C'est le der de der !

Gargotier :   - J'vous connais !
            Tous les soirs c'est pareil !
            C'est fini ! Allez !
            La suite à demain !

Fred :   - Putain ! Donne-nous encore un verre !
            Pour la route !

Gargotier :   - Non ! C'est fini pour aujourd'hui !

Fred s'énerve un peu.

Fred :   - Putain !
            J'me demande ce qui nous pousse à venir dans ce
            bistrot de merde, où on veut même pas te servir
            quand tu commandes !
            ...
            Y a vraiment des connards qu'ont pas besoin de
            travailler !

Gargotier le coupe sèchement et s'énerve aussi.

Gargotier :   - Le bistrot de merde, t'es bien content d'y
          venir !
          Et le connard qu'a pas envie de travailler y va
          sauter le comptoir et te foutre une tète plus grosse
          qu'une citrouille !
          Ça l'démange !
          T'as compris ? !
          Allez !
          Cassez vous maintenant !
          On ferme !

Les trois hommes se résignent et s'en vont.

Gargotier :   - Bon, la bourgeoise ! T'as fini ?
          On peut s'rentrer ?

Gargotière :   - Oui ! Quand tu veux !

Gargotier :   - Allez ! On s'casse !

En sortant, ils croisent Épilog qui s'est attardé prés de la
porte.

Gargotier :   - Au fait, Épilog, finalement, avant que tu
          partes, en deux mots, ça veut dire quoi,
          « Inique » ?

Épilog :   - Et oui !
Faudrait de temps en temps me laisser parler un
peu.
…
En fait, compte tenu de la conjoncture, de
l'évolution des langues dans leur contexte naturel
et de la socialisation grandissante dans notre pays
depuis la révolution industrielle, au dix neuvième
siècle, et du fait que...

Gargotier :   Bon, bon, ça va, j'ai compris !
Tu m'expliqueras demain, Épilog !
Là, n'a pas l'temps !

Gargotier :   - Allez, bourgeoise ! On s'cass' !

Et ils sortent tous les trois.

FIN

DU MÊME AUTEUR

FRESQUE DES TEMPS MODENES (collection poétique)

Tome 1

Tome 2

Tome 3

Tome 4

SKETCHES ET SCÉNETTES À GOGO

Tome 1

Tome 2

BRÈVES PENSÉES

Tome 1

Éditeur : BoD-Books on Demand, 12/14 rond point des
Champs Élysées, 75008 Paris, France
Impression : BoD-Books on Demand, Norderstedt,
Allemagne
ISBN : 9782322091751
Dépôt légal : Décembre 2018